新潮文庫

# ねじの回転

ヘンリー・ジェイムズ
小川高義訳

# ねじの回転

その物語は、炉辺に集まった一同が息を詰めるほどの出来にはなっていたが、なるほど陰鬱《いんうつ》だという評が出たのは、クリスマスイヴに古い館《やかた》で聞く怪談としては至極当然であるとしても、ほかに見解らしきものが聞かれなかったところに、ひょっこり口を切った人がいて、子供が幽霊を見せられるという筋書きは初めてだとの感想を述べていた。どんな物語だったのか注釈をしておくと、この場の集まりと似たような古屋敷で、すさまじい幻影が男児の眼前に出現し、恐怖に駆られた子供は同室で寝ていた母親を起こしたものの、なだめて寝かしつけてもらうには至らず、それどころか母親までが同じ怪現象を目の当《ま》たりにしたというのだった。ともあれ、こんな感想が出たことによってダグラスが――すぐにではなく、その晩、あとになってから――ある反応をしたもので、そこから面白い展開があったのだと言っておこう。もう一人、さほど面白味のない物語をした人がいるけれども、これをダグラスが耳で追っているとは見えなかったので、さては自分でも何かしら言おうとしているらしい、しばらく待っていれば出てくるはずだ、と私は考えていた。そして、実際には一日後の晩まで待たされることになったのだが、しかし当夜のうちにも、お開きとなる直前に彼は胸中にあったものを語りだしたのである。

「さっきグリフィンが言った幽霊は——いや、幽霊だか何だか、そういうものが——まず年端《としは》もいかない子供の目に見えたということで、一《ひと》ひねりした趣向が出ていたのだね。その点には同意しよう。だが僕の知るかぎりでも、そうやって人に魅入るような出来事が子供を巻き込んだ話にも前例がなくはない。もし子供だということで、ねじを一ひねり回すくらいの効果があるなら——さて、子供が二人だったらどうだろう」

「そりゃあ当然ながら」という声が上がった。「二人いれば二ひねりだろう。ぜひ聞いてみたいね」

いまも私は暖炉の前にいたダグラスをありありと思い出す。立ち上がって火に背中を向けたダグラスは、両手をポケットに突っ込んで、この声の主を見下ろしていた。「ほかに聞いたことのある人はいないだろう。こうまで恐ろしい話もないからね」などと言ったので、さも特級品のように勿体《もったい》ぶるじゃないかという意見がばらばらと出たのだが、われらが友は慌《あわ》てず騒がず、座興の段取りをつけるように、ぐるりと見回してから話を続けた。「まったく飛び抜けているんだ。あれに匹敵するようなものは、ほかに知らない」

ここで私が「ただ恐ろしいということで？」と言ったのだと思う。

それほど単純ではないと言いかけた彼が、では何と言うべきか言葉に詰まったようだ。目の上に手をかざし、渋い顔になった。「すさまじく——そう、凄惨《せいさん》ということで」

「まあ、おもしろそう！」ある女性が高い声を発した。

これを意に介さず、彼は私を見たのだったが、その目には私が映っているのではなく、自身が語ろうとすることが見えているかのようだった。「おどろおどろしく醜悪で、空恐ろしく、苦しいばかりなのでね」

「そういうことなら」私は言った。「ともかく坐《すわ》って、話してくれないか」

彼は火のほうへ振り向くと、一本の薪《まき》を蹴《け》飛《と》ばし、その薪に目を遣《や》っている一瞬があって、私たちに向き直った。「いまは話せない。まず町に知らせを出さなければ」と言うので、一斉に洩《も》れた落胆の呻《うめ》きは、かなり非難がましい声音にもなっていた。するど彼らしい沈思するような言い方で説明がなされた。「あれには手記になったものがある。鍵《かぎ》のかかる引き出しに入れて——もう何年もそのままだ。うちの使用人に手紙で指示して、鍵を同封しておいてやれば、うまく見つけて送ってくれるだろう」ということを、とくに私に向けて発案したいような顔になり――早いところ加勢してくれと言っているようにも思われた。ついに分厚い氷を割ったということのようだ。いままで何年もの冬があって硬く結氷していたのであって、それだけ長く沈黙していたからには、相応の理由もあったのだろう。この場の面々は、まだ待たされるのかと焦《じ》れたような気色だったが、あえて慎重を期する彼の流儀に、私は感心していた。そこで私は、そういうことなら第一便で出せるように書いて、できるだけ早く聞かせることに合意してもらいたい、と言った。また、それは実体験なのかとも尋ねたのだが、たちどころに返った答えは「そんな、まさか!」というものであった。

「で、その記録とやらは、自分で書いたのか?」

「いや、心にとどめただけだ。ここにしまって」と彼は心臓のあたりを軽くたたいた。

「忘れたことはない」

「だったら手稿というのは――」

「とうにインクも薄れてしまったが、筆跡はきわめて美しい」ここでまた歯切れが悪くなった。「ある女性が書いたのだ。もう亡《な》くなって二十年になる人だが、生前、僕に宛《あ》てて送ってくれた」

こうなると誰もが耳を傾けていた。もちろん中には調子に乗って、つまらない思いつきを持ち出す者もいたのだが、彼はにこりともせず、さりとて苛立《いらだ》った顔も見せずに受け流した。「じつに魅力のある人だった。僕よりは十も年上でね。妹の家庭教師だったんだ」と穏やかに言う。「ああいう職務にあって、ああまで好感の持てる人は、ついぞ知らない。まあ、どんな職務についても立派に果たしたことだろうがね。もう昔のことだ。その物語はさらに時間をさかのぼる。僕が出会ったのは、まだトリニティ・カレッジに在学して二年目の夏だ。帰郷したら彼女がいた。この年、僕はたいして外出もせず——みごとな夏になったが、彼女の空き時間には、よく庭に出て歩きながら語らったものだ。そうやって話していると、何とまあ聡明《そうめい》な人だろうかと思った。いや、まったく——ここで笑ってはいかんよ——僕は大変な好意を抱いたのだし、彼女にも好意を持たれたのだろうと思えば、いまでも楽しくなる。僕を相手に話したのだから好意はあったろうさ。それまでは誰にも明かしていなかった。本人がそう言ったというだけではなく、そうとしか思えずに、もう間違いないという気がした。その話を聞いたら、容易に判断がつく」

「あまりに恐ろしい話だから？」

彼はじっと私を見たまま、「容易にわかる」と繰り返した。「わかるさ」

私からも見つめ返した。「そうか。その人は恋をしていたな」

彼が初めて笑った。「さすがに鋭い。その通りだ。というか、まあ、かつて恋をしていた。聞いていればわかった──あれを語るなら伏せてはおけまい。僕にはわかったし、わかったことは彼女にもわかっただろうが、どちらからも口には出さなかった。あの時と場所を、いまでも覚えている。芝地の隅に寄って、大きなブナの木陰で、暑い夏の日の長い午後だった。ぞくりと震えるのにふさわしい現場ではなかったが、ま、ともかく──」彼は火のそばを離れて、どっかりと椅子《いす》に坐り込んだ。

「こっちに荷物が届くのは、木曜日の朝だろうか」私は言った。

「どうかな。第二便になるかもしれない」

「だとすると、夕食のあと──」

「皆さん、お集まりになりますか?」彼はまた一座を見回して、「お発《た》ちの方もありましょうに」と、そうなって欲しいようにさえ聞こえた。

「誰だって残りますよ!」

「そうですとも──わたくし、残ります」すでに出発を予定していた婦人連が口をそろえた。だがグリフィンの細君から、いくらか明かしておいてもらいたいという注文が出た。「恋のお相手はどなただったんです?」

「そんなのは物語に出るでしょう」つい私は答える役を買って出た。

「だって待ちきれないんですもの」

「ところが出ないのですよ」ダグラスは言った。「そうと露骨には出ない」

「ますます残念だわ。言ってくれなくちゃわかりません」

「出し惜しみか、ダグラス」と言う人もいた。

するとと彼はまた急に立ち上がった。「そうだな、あすには——。今夜はもう失礼する。では、おやすみなさい」と言いざま、さっと燭台《しょくだい》を手にして歩きだしたので、いささか奇異の感がなくもなかった。茶色の広間を抜けていったダグラスが階段を上がる足音を聞いてから、グリフィンの妻が言った。「その人の恋はわからなくても、彼が恋をしたお相手はわかりますわね」

「十も年上だと言うじゃないか」グリフィンが言った。

「だからなおさら——そういう年齢だったのよ！　いい話だわ。ずっと長いこと秘めていたなんて」

「四十年だぞ！」

「ついに堰《せき》を切ったんだわ」

「そのおかげで」と私は応じた。「木曜日は大変な夜になりますよ」これには誰も異論がなく、ほかのことには気が回らなくなった。ほんの序の口と言おうか、続き物の幕開けにすぎなかったかもしれないが、ともかく今夜は最後の物語まで終わったのだ。私たちは握手をかわし、ある人の言い方を借りれば「燭台を差して」寝所に引き上げた。

翌日、鍵を同封した手紙がロンドンの自宅へ第一便で発送されたことを私は知ったのだが、そうと皆が知るにおよんでも――いや、だからこそ、と言うべきだろうが――誰一人あえて問おうとはしないままに夕食の時間も過ぎて、われわれが期待を寄せる情緒にふさわしい夜の刻限になっていった。すると願ったり叶《かな》ったり、彼はもう迷うことなく語り出して、とりあえず言っておきたいこともあるという事情を述べた。昨夜はいささか驚かされたが、その広間の暖炉の前で、今夜も彼が語り役になったのだ。あとで読んで聞かせるという約束の物語は、正当に解するためには多少の前置きを要するものだったらしい。では、このあたりで私からもお断りをしておこう。かくして伝えられた物語こそ、ずっとあとになって私が正確に書写した控えをもとに、いまから述べようとするものである。これはつまり、いまは亡きダグラスが――もはや死を目前にして――私に元の原稿を託したということだ。あの滞在の三日目に届いて、四日目の晩に彼が読み始めると大変な効力を及ぼし、あの場で小さく輪になった聴衆に声一つ立てさせなかった手記である。出発を予定していながら、残ります、と言っていた婦人連は、もちろん残らず出発してくれていた。あんなに思わせぶりな予告をされたら気になってたまりません、などと口々に言いつつ予定どおりに出て行ったのだが、おかげで残った少数精鋭の聴衆だけが暖炉を囲んで一つの緊張感にまとまっていた。

さて、予告として言われたことの第一は、例の手記が始まる時点よりも前から、すでに物語は始まっていたということだ。ダグラスの昔の知人たる女性は、やっと二十歳の娘だった。さる貧乏な田舎牧師の末娘で、初めて家庭教師の職を得るべく、どきどきしながらロンドンへ出たのだったと、まず知らなければならない。求人の広告に応じて、あらかじめ簡単な手紙をかわしていた広告主と、顔を合わせることになっていた。この人物に会ってみると――彼女には大豪邸と思えたハーリー街の家に出向いて面接を受けたのだが――雇い主になるかもしれない人物は、たいした紳士であって、また男盛りだが独身で、ハンプシャーの牧師館から来たばかりのおどおどした若い娘の目には、夢の中から、あるいは昔の小説から抜け出た人のようにしか見えなかった。どんな男だったのか容易に見当はつくだろう。この類型であれば世に絶えることはない。見映えがよくて、腹が据わって、人当たりが良く、さばけた性分で、明るく親切である。それだけでも輝かしき名士のように見えたものだが、何より彼女の心をつかまえて、あとで彼女を勇敢にする原動力にもなったのは、まるで頼み事でもするように、引き受けてくれたら恩に着るとでも言うように、この話を持ちかけたことである。お金持ちらしい、と彼女は思った。金に糸目をつけないのだとも思えた。高級な装い《よそお》をして、立派な風貌《ふうぼう》で、贅沢《ぜいたく》がおのずと身について、女の扱いようも洒落《しゃれ》ていて、まぶしいような人だった。ふだんの住居としては市街に邸宅を構えて、旅先から持ち帰ったり狩猟で成果を上げたりした記念の品々を置きならべているのだが、エセックスの田舎にも昔からの居館があるという。その館のほうへ、ただちに赴いてもらいたいとのことだった。

というのも、まだ幼い甥《おい》と姪《めい》がいるのだが、その両親ともにインドで客死したので、彼が後見人ということになっていた。二人の父親であり軍人だった弟を亡くしたのは、いまから二年前である。この子たちが彼のような男に委《ゆだ》ねられたのは数奇な運命でしかあるまい。しかるべき経験を欠いて、すぐに焦れったがる独り者にとっては大きな負担になっていた。いかにも気苦労なことであり、また彼には見込み違いであろう事態も何度となく生じた。だが小さい者たちをつくづく哀れと思えばこそ、あらゆる策を講じたのである。なかんずく、子供には良かろうと思って田舎の館に住まわせることにした。その当初から、できるだけ気の利《き》いた世話係をつけようと自分の身の回りからも人員を割いたのだし、彼自身も折りあるごとに様子を見に行っていた。さりとて二人には他に身寄りもなく、彼は諸事に追われているのだから、何かと思うにまかせない。健全かつ安全なブライなる土地の居館を自由に使わせた上で、この小さな所帯の管理人として——あくまで使用人の立場ではあるが——きわめて有能なグロース夫人なる女性を配した。会えば好感を持てるだろう。かつてはメイドとして母に仕えた人である。いまは居館の家政婦として、また当面は姪の守役として務めてもらっている。この夫人は、自身には子がないということもあって、姪を大変にかわいがってくれているのでありがたい。まあ、人手は充分にあるのだが、何と言っても、これから家庭教師として赴任すれば、その先生が監督ということになる。また休暇の季節になったら、甥の面倒も見てもらいたい。この子は——まだ小さいとはいえ、ほかに致し方なく——すでに一学期間、寄宿舎に預けてあるのだが、そろそろ学校が休みになって、しばらくは戻ってくる。もともと二人の世話係として若い女性に来てもらったのだが、これが残念ながら亡くなってしまった。なかなか立派な仕事ぶりで——人物としては申し分なかったのに——なにしろ困ったことになったもので、甥のマイルズは学校へ行かせるしかなくなった。以来、姪のフローラの養育には、グロース夫人がどうにか頑張ってくれている。ほかには料理人がいて、メイドがいて、乳搾《ちちしぼ》りの女もいて、老いた小型の馬と、老いた馬丁と、老いた庭師がいるが、おしなべて上等な面面である。

ここまでダグラスが話の構図を描いたところで、ひとつ知りたがる者がいた。「で、その前任の家庭教師は、どうして死んだのだろう。上等だらけなのがいけなかったか」

すかさず返答があった。「いずれわかる。まだ言わずともよい」

「おや、しかし――そういうことを教えておいてくれるのかと思った」

「もし後任の立場になれば」と私も言ってみた。「やはり知りたくなるだろうね。その任務に伴って何かしらの――」

「命に関わることがある？」ダグラスが意を汲《く》んで言った。「たしかに知りたがった。そして知ったんだ。何を知ったのかは、あした話すことにしよう。もちろん彼女だって聞かされた当座はいやな予感がした。まだ若い女で、世間知らずで、度胸はない。容易ならぬ任務を、ほとんど独力でこなさねばならず、いかにも寂しい勤めであるということが見えている。だから迷った。二日ばかり、あれこれの思案をした。それでも給料として言われた金額は、つましい暮らしの女には破格の待遇だった。二度目の面談に出向いた彼女は、もう腹をくって承知したよ」ここでダグラスが間合いをとったので、私が一同に代わって口を出した。

「つまり、その心は輝かしき男性に魅惑されたということだな。女として抗しきれなかった」

すると彼は前夜と同様に立ち上がり、暖炉の火に近づいて、一本の薪を足で動かすと、そのまま一瞬だけ私たちに背中を向けて立っていた。「彼女が男に会ったのは二度。それきりだ」

「なるほど、それでこそ美しき慕情というもの」

ここで、いささか意外だったのだが、ダグラスはくるりと私に向き直って、「そうなんだよ。だから美しい」という話が続いた。「魅惑に逆らった人もいたんだからね。この仕事の難しい条件を、彼は包み隠さずに聞かせた。それを厳しすぎると思った応募者も、すでに何人かいたんだな。まあ、恐れをなした、ということだろう。気が滅《め》入《い》るような——おかしな仕事だ。主たる条件を聞けば、なおさらそう思うだろうさ」

「というと——?」

「彼に面倒をかけてはいけない。とにかく没交渉でいるようにという。何がどうあれ、いかなる申し立てもせず、苦情も言わず、手紙も書かない。わからないことがあっても自分で対処して、金銭は弁護士から受領し、すべて一身に引き受けて、彼を煩《わずら》わさないこと。では、そのように、と彼女は約束した。すると肩の荷が下りたように喜んだ男が、一瞬、彼女の手を取って、あえて身を投げ出す精神に感謝すると言ったのだと、私は彼女から聞いている。それだけでもう報われた気がしたそうだ」

「報われたって、それだけで？」さる婦人が言った。

「もう会うことはなかった」

「まあ！」と婦人は言ったが、彼はあっさりと切り上げてこの場を離れ、それ以上さしたる発言も聞かれないままに迎えた翌日の晩、彼は炉辺の特等席に腰を据えて、薄いアルバムの色褪《いろあ》せた赤い表紙を開いた。小口に金付けをした古風な装幀《そうてい》の保存帳である。ここからは一晩では終わらなくなったのだが、その取っ付きで、ふたたび前夜の婦人が「題名は何ですの？」と言った。

「ありません」

「ひとつ思いついたよ！」私は言った。しかしダグラスは一顧だにせず手稿を読み始め、その清澄《せいちょう》な声色は美しい筆跡を音にして耳に伝えるようだった。

# 第1章

しばらくの間は、舞い上がったり落ち込んだりの連続だったように思います。たとえばシーソーにでもなったように、胸が躍る、気が滅入《めい》る、という上下の揺れの繰り返しです。さあ、お引き受けするのだ、と張り切ってロンドンのお住まいに伺ったもののの、それから二日ばかりは最低の気分で——やはり無理ではないか、とんだことをしてしまった、と悔やむことしきりなのでした。こんな心境で何時間も乗合いの馬車にがたごと揺られて着いたのが、とある停車場でありまして、そこまでは出迎えの馬車を差し向けるように手配したと言われておりました。六月の日の夕暮れに、なるほど快適な一台が待っていてくれたのです。あの時刻、あの心地よい日に、美しい夏が迎えてくれている土地を走っていますと、あらためて気力が高まってまいりまして、また、ついに街道から折れてお屋敷へ向かう広い並木の道を行きましたら、ほっと安《あん》堵《ど》さえ覚えたくらいですから、その前にどこまで落ち込んでいたのかがわかります。ひどく憂鬱《ゆううつ》なことになりそうな予感がして、と言いますか不安でたまりませんでしたので、ようやく目にしたものに、びっくりして喜んでしまいました。お屋敷を正面から見た眺めが、いかにも好印象だったという覚えがあります。すっきり広がった大きな構えの館《やかた》でして、その窓が開け放たれ、さっぱりしたカーテンがかかって、メイドが二人で顔をのぞかせていました。また芝生や明るい花々、砂利道を踏む車輪の音、梢《こずえ》を寄せ合ったような木立を、いまも覚えています。その木立の上をめぐるカラスが、黄金色《こがねいろ》の空に鳴き声を上げていました。たいした名家のような雰囲気でありまして、ささやかに暮らす私の実家などとは大違いだと思っていると、まもなく小さな女の子の手を引いたご婦人が入口に見えました。きちんと礼儀をわきまえた人のようで、やって来た私に向けて、まるで当家の奥様のお帰りか、大事なお客様を迎えるとでもいうように、ていねいに膝《ひざ》を曲げて挨拶《あいさつ》をしてくれたのです。またハーリー街で事前に聞かされたとはいえ、これほどの大邸宅とまでは思いませんでしたので、さすがに紳士らしい控え目な話しぶりだったのだと感じ入って、この分ならお言葉より以上に楽しいことだってあるのではないかという気もいたしました。

それから翌日までは、もう落ち込まずにいられました。これから生徒になる二人のうちの妹のほうに引き合わされてから、なんと幸先《さいさき》のよいことかと喜んでいたのです。グロースさんに伴われていた女の子は、もう見た瞬間に可愛《かわい》らしいとしか思えなくて、こんな子と知り合いになれるとは、それだけで大変な果報なのでした。ああまで美しい子は見たことがなかったので、あとで考えると私の雇い主がこの姪《めい》のことをあまり語らなかったのが不思議なくらいでした。その晩はろくに眠れなくなりまして――それだけ気持ちが高ぶって静まらなくなったのですが、いま思い出しても、われながら驚くばかりのことで、どうやら厚遇されているようだという感覚もまた高まったのです。なにしろ広々とした立派な部屋をあてがわれたものでして、この屋敷でも最上等でしたでしょう。天蓋《てんがい》のある玉座のような雰囲気の寝台があり、たっぷりした柄物のカーテンが床まで届いて、また大型の姿見のおかげで私は初めて爪先《つまさき》まで映った全身を見たのでした。そんなこんなで――あの飛び抜けて可愛らしい小さな生徒もそうでしたが――こうまで都合のよいことが重なるものかと思えたのです。そして重なると言えばもう一つ、グロースさんとの初対面で、この人なら折り合っていけそうだとわかったことも好都合でした。どんな間柄になるのやらと思って、ここへ来るまでの馬車の中では不安になっていたような気がします。この時点で私にまた尻込《しりご》みさせるような事情が見えたとしたら、やって来た私を迎えたグロースさんの喜び方だったかもしれません。せいぜい半時間ほどで私にも見てとれたのでしたが、その喜びようというのが――いかにも丈夫そうな体格の、さっぱりした純朴な人が――あからさまに喜んではいけないと身構えているように思えたのです。どうして隠したいのか訝《いぶか》しくもありまして、私があれこれ気を回したとしてもおかしなことではなかったでしょう。

とはいえ、あの子の光り輝くほどの美少女ぶりについては、これほど至福を覚えるものには何の不安もないと思っていられました。あんな天使のような姿を見せられたら、なかなか寝付けなくなってしまって、朝までに何度も起き上がっては部屋の中をうろうろ歩きながら、私はどういうところに来たのだろうと考えることにもなったのです。夏の夜が白むのを、開けた窓から見ていました。また目の届くかぎりお屋敷の建物を見やったり、だんだん薄らぐ闇《やみ》の中で朝一番の鳥がさえずる声のほかに、いま何やらの音がしなかったか、鳥のような外の自然の音ではなく、館の内部から一つ二つ聞こえたような気がしたが、ひょっとしてまた聞こえることはなかろうか、と耳をすませていたのです。小さく遠く聞こえたのが子供の泣き声だろうと思えた瞬間もありました。あるいは、この部屋のドアの前を軽く踏んで行き過ぎる足音がしたようで、はっと気づいてすくみ上がったりもいたしました。こんなものは気のせいだと片付けてもよかったのでしょうが、それからの出来事に照らして、と言いますか、それから差した影のこともありますので、いまになって思い出されてならないのです。まだ小さいフローラを見守る、教える、形作る、ということが充実した人生につながるのだとしか、私には見えていませんでした。この部屋へ上がってくる前に、すでに相談はできておりまして、今夜は初めてなのでともかく、あすからフローラは家庭教師の先生と同じ部屋に寝るのが順当だということで、もう小さな白いベッドが用意されていました。つまり養育については私が責任を負ったのですから、グロースさんと寝かせるのは今夜を最後としたのでして、それも私が新しく来たばかりであり、この子は内気なのだから、という配慮がなされたにすぎません。しかし内気とは言いながら――また、いかにも不思議なのですが、フローラは自分の性質とまったく素直に向き合っていられるようで、気の小さい子と言われても恥じ入ることなく、それどころかラファエロが聖画として描いた幼子のような深みのある甘美な静けさを湛《たた》えて、おとなしく自分の話をされていながら、そのように話が決まっていったのですけれど――すぐ私になついてくれそうな見込みは充分にありました。私はグロースさんに対しても好感を抱いていましたが、夕食の席で私が感嘆した顔になったのをグロースさんが喜んだらしいことも、その好感につながっていました。食卓には長い蠟燭《ろうそく》が四本立って、私の生徒になる少女は高い椅子《いす》に坐《すわ》っていました。パンとミルクのある卓上から、胸に小さなエプロンをした姿が出ていて、私に向ける明るい顔が、ちょうど蠟燭に挟まれた位置にあったのです。そんなフローラを前にして、私たちが尋常ならざる幸福感の視線やら、遠回しの曖昧《あいまい》な言葉遣いやら、そんなもので伝え合うしかなかったこともあるのは当然でしょう。

「それで男の子は、やはり妹に似ているんですか？ こんなに見事な？」子供のことで嘘《うそ》はつきません。「ええ、それはもう、大変なものです。このお嬢様に感心してくださるなら、きっと――」このときグロースさんは皿を一枚持って立っていたのですが、にこやかな笑顔は少女に向けられていました。そのフローラが私たちを交互に見ている目は、まったく穏やかな天使の眼差《まなざ》しなのですから、いくら誉《ほ》めてもよいのでした。

「もちろん感心していますが、そうだとしたら――？」

「あの小さな紳士にも、きっと夢中になられますよ！」

「ええ、まあ、そのために――夢中になるために、来たようなものです。でも私って」と、つい言ってしまいたくなったのですが、「すぐ夢中になる質《たち》なのかもしれません。ロンドンでもそうでした！」

これを聞いたグロースさんの顔が、いまでも私の目に浮かびます。「ハーリー街で？」

「ハーリー街で」

「まあ、さりとて、先生が最初ではなく——また最後でもないでしょうけれど」

「ええ、そこまで図々《ずうずう》しいことは申しません」私は笑っておきました。「もちろん私一人ではないのでしょうね。ところで、もう一人の生徒も、あすには帰宅するのでしたね？」

「あ、いえ金曜日に——。先生がいらしたのと同じで、まず乗合馬車を使います。乗っている間は車掌が見ていてくれますのでね。あとは迎えの馬車を差し向けます」

そういうことであれば、乗合いの到着時に、私もお嬢さんを連れて迎えに出ていれば、ちょうどよい懇親の機会になり、礼儀としても整うのではないかと言ってみますと、それは名案だとグロースさんも大賛成でしたので、なんだか心を許せる人を味方にしたような——たしかに変わらぬ約束を得たと言えるのです——これから何にせよ一致して事に当たれるという印象を受けました。ああ、私が来たことを喜んでもらえている！

というように、私は着いた当日には舞い上がっていたのですが、その翌日にしても着いた日の反動で落ち込んだりはしなかったと思います。いくぶんか気圧《けお》されただけ、とでも申しましょう。この新天地を歩いて、見上げて、見回すと、まったく恐れ入るような壮観でありました。私などには思いもよらない重厚な大邸宅でしたので、いざ眼前にあるとなると、ここへ来たことが誇らしくもありましたが、あらためて怖じ気《け》づくようでもありました。教師がこんな状態ですから、いきなり授業をするのもどうかということで、まず子供が私になじめるように、ゆっくり時間をかけてでも、できるだけの工夫をしてみようと思いました。フローラを連れ出して歩いたのです。きょうはフローラが先生の案内役になるという取り決めをしたら、子供はすっかり得意になって、どこもかしこも見せるつもりになり、どんな部屋があって、どんな面白いことが隠れているのか、へんに愉快な子供なりの口をききながら先導してくれました。そうやって半時間もすると、大の仲良しになっていたのです。まだ年端《としは》もいかない子が、と思って驚いたのですけれども、空き部屋、薄暗い廊下、私でも足が止まりそうになる曲がりくねった階段、また目のくらむような四角い櫓《やぐら》の最上階を、どんどん平気で進んでいって、この子の朝の音楽と言いましょうか、人にものを聞くよりは自分からあれこれの話をする声を響かせて、先へ先へと案内してくれました。あとでブライの館を出ることになって以来、それきり私は館を見に行っておりません。いまの私が年齢相応の目で見れば、せいぜい実物なりの大きさで判断するかもしれませんが、青いフロックを着た女の子が金色の髪を揺らして、踊るように角を曲がり、とことこ廊下を歩いていった日には、まるで薔薇《ばら》の妖精《ようせい》が住むロマンス世界のお城を見ているような心地がして、ここはお伽話《とぎばなし》の絵本の色彩を借りてきて子供の夢を育《はぐく》む場所なのかとも思えたのでした。それとも私がそんな本を読んでいて、うっかり眠って夢を見たのでしょうか？　もちろん違います。ちっとも見映えがしなくて古風だけれど使いやすい館だったにすぎません。もっと旧時代の特徴を引きずりながら、実用として残せるものは残していた家なのです。その家にいくらかの人数がいて、いわば漂流する大型船に取り残されているような錯覚が私には生じました。また何ともはや、おかしなもので、その舵《かじ》取りをするのが私の役目だったのです。

# 第2章

そんな責任をずしりと感じたのは、二日後にフローラを連れて馬車に乗り、グロースさんの言う「小さな紳士」を迎えに出て行ったときでした。その前に、つまり私が着いた翌日の晩ですが、ある出来事があって、まさかという思いをしていたので、なおさら責任重大に感じたのでしょう。もうお話しいたしましたように、私が朝から屋敷で過ごした一日目は、まずまず無事に終わろうとしていました。ところが暮れ方になって、ひどく心配なことがあったのです。だいぶ遅れて到着した郵便には、私に宛《あ》てた一通もありました。私の雇い主の筆跡でして、ご自身宛ての別の一通も同封されておりましたが、そちらは封印を切られてもいません。私への文面は手短なものでしかありませんでした。「校長からの手紙らしい。あの校長は愚物だ。とにかく読んで対応してもらいたい。ただし報告には及ばない。一切無用。われ関せず」ということですので、ともかく封を切るには切りましたが――なかなか気力が追いつかず、ついには自室へ持って行き、就寝の前になってから、ようやく意を決したという次第です。

朝まで放っておけばよかったのでしょう。寝る前に読んだばかりに、二日続きで寝付けない夜になりました。翌日、すぐに相談できる人もなく、一人で悩んでいたのですけれど、どうにも我慢ができなくなって、グロースさんにだけは打ち明けることにしました。

「どういうことです。学校へ行かない？」

このグロースさんの目つきは、私がおやっと思うようなものでしたが、すぐに引っ込めて表情を消そうとしたことがわかりました。「だって、どの子もみんな――」

「ええ、帰されますね、休暇ですから――。でもマイルズは帰ったきりになるんです」

私に見られているという意識がグロースさんの顔色に出ました。「もう学校へ行けない？」

「出入禁止です」

するとグロースさんは、私から逸《そ》らしていた目を上げました。涙がこみ上げています。「坊っちゃんが、いったい何を？」

私はどうしようか迷ってから、この手紙を見せてしまうのが早いだろうと考えました。しかしグロースさんは受け取ろうとせず、手を背中に回してしまっただけです。

悲しげに首を振っていました。「いけませんよ、先生」私が相談した人は字が読めなかったのです！　まずいことをしたものだと身のすくむ思いで、なるべく角が立たないように、また手紙を開いて、もう一度聞かせることにしましたが、自分でも途中でうまく読めなくなって、手紙をたたむとポケットに入れてしまいました。「本当に悪い子なんでしょうか」

グロースさんは、まだ目に涙を溜《た》めています。「そう書かれてるんですか？」

「いいえ、詳しいことは何とも。遺憾ながら本校の生徒として望ましくない、なんていうことだけ。だったら意味は一つしかありませんね」すると聞いているグロースさんは呆然《ぼうぜん》として、その一つとは何なのかとも口に出しかねています。では、もう少しわかるようにと思って、また話し相手がいるだけに私自身も心強くなり、「ほかの生徒に被害が出るんですって」と言いました。

グロースさんは、素朴な人らしい反応として、ぱっと怒りを燃やしていました。

「マイルズ坊っちゃんのせいで、被害？」

そんなはずはないという信念があふれ出ていますので、まだマイルズに会ったことのない私でさえ、つい不安に浮き足立って、そんな馬鹿《ばか》なことがあるかと考えたくなりました。ですから、グロースさんと調子を合わせるような形で、皮肉っぽい思いつきを言っていたのです。「そういう同級生もいるってことね」

「とんでもない話です」グロースさんは泣きそうな声になりました。「ひどいことを言うじゃありませんか。やっと十歳になろうかという子に、そんなことを」

「ええ、ほんと。にわかに信じられませんね」

私が言い切ったので、グロースさんは喜色を隠せなくなりました。「まず坊っちゃんをご覧になってください。見ればわかります」ということで、私も早く会いたいという気持ちを新たにいたしました。そのあと何時間かずっと痛切なまでに待ち遠しくなったくらいですが。そんな私の心境にグロースさんも気づいたのでしょう、さらに頼もしい言い方をしていました。「小さなレディだって同じですよ。もう見るだけで――」とまで言ったのですが、次の瞬間には、「あ、ほら！」

私が振り返ると、フローラが来ていました。つい十分ほど前に、教室にしている部屋で、しばらく自習をするように言いつけておいたのです。白い紙と鉛筆、きれいな「丸いOの字」のお手本を持たせたのでしたが、そのフローラが開いているドアの前に姿を見せていました。つまらない練習にはどうしても身が入らないのだと子供なりに伝えようとするらしく、それでも私に向けてくる可愛い目の光を見れば、私という人間に愛着を覚えてくれたからこそ、先生から離れたくないという言い分なのだろうと思えるのでした。これだけでもう私は、グロースさんの言う小さなレディもまた同じという議論がじんと胸に迫ってきて、この生徒をしっかり抱きしめると、半泣きになって謝りながら何度もキスをしていました。

それでも、結局この日の私は、もっと話がしたいと思って、グロースさんの様子を見ていました。夕暮れ時に、何となくグロースさんが私を避けようとするような気がしてからはなおさらで、ついに階段で追いすがったことを覚えています。二人ならんで下りていって、最後まで下りてからも腕をつかんで引き留めました。「お昼にも何いましたけど、いままで悪い子だったためしがないと思ってよいのですね」

グロースさんは、ぐいっと顔を上げました。こうなったら言うべきことは言おう、と思ったようです。「いえ、ためしがない、とは申しません」

また私の心が乱れました。「じゃあ、そうだったこともある――？」

「そりゃ、ございますよ。そうですとも」

これを考え直して私なりに受け止めました。「そうでない男の子というのは――」

「男の子じゃありません」

私はグロースさんをつかまえた手に力を入れました。「つまり悪さをするくらいに元気でよい？」と言ってから、なお同調しているつもりで「そうですよね！」と熱を込めました。「でも、いくら何でも、不純な感化を及ぼすほどでは——」

「不純な感化？——」大仰な言葉遣いにグロースさんが戸惑ったようなので、これを言い換えまして「悪に染める」

グロースさんは、その意を汲《く》んで目を丸くしましたが、結局おかしな笑い話にしていました。「これから先生を染めるとでも？」こんなことを平気で言われたのですから、ちょっと馬鹿みたいでしたが私も一緒に笑っておいて、この場は軽く見られないように体裁を繕ってしまいました。

でも、翌日、そろそろ迎えの馬車が出るという刻限に、ひょいと別の話を仕掛けました。「以前にはどんな方がいらしたんです？」

「前任の先生？　ええ、やはり若くてきれいな——ほとんど同じでしたよ、いまの先生みたいな」

「まあ、若くてきれいだと良いことがあったのでしょうか」と、私も調子に乗ったのだったと思います。「女は若くてきれいなのがお好みのようですね！」

「あ、そうでした」グロースさんも同意見で、「そうやって人を見ていましたね」と言ったのですが、はたと気づいたこともあるようです。「いえ、あの、あちらの——旦那《だんな》さんのお好み」

何だかおかしいと思いました。「どなたの話と思ったんです？」

グロースさんは、まず表情を失って、すぐ顔色が変わりました。「ですから、あの」

「旦那さん？」

「ええ、もちろん」

そう言えばそうでしかないのですから、グロースさんが口を滑らせたのかもしれないと思ったのは一瞬のことで、私は知りたいことだけを聞いていました。「前任の方はマイルズをどう見ていたんでしょう。たとえば何かしらの――」

「良からぬことを？　わたくしは聞いてませんが」

私は迷いながらも思いきって尋ねました。「よく気がつく人だったんですか――細かいことまで気にするような？」

グロースさんは慎重を期するように見えました。「ええ、まあ――場合によっては」

「じゃあ、いつもではなかった？」

これにもグロースさんは考えていました。「あのう、いなくなった方のことを、とやかく申し上げるわけには――」

「お気持ちはわかります」とっさに応じたものの、だからと言って、聞いてはいけないことでもないと思い直して、「ここで亡《な》くなったのですか？」

「いえ、出て行かれました」

この要点だけの返事に、なぜか釈然としないものが残りました。「出て行って、亡くなった？」ここでグロースさんは窓の外へ顔を向けてしまったのですが、私も若くしてブライの館に雇用された身ですから、後学のために教えてもらってもよかろうと思いました。「病気になって実家へ戻ったということ？」

「病気ではありません。ここにいらした時分には、そうは見えませんでした。年末に少しだけ帰省したいとおっしゃいましてね。それまで働いたんですから、ちょっとした休暇くらいは構いません。当時は、若い女がいて――これは子守の係だったんですが、まっとうな娘で、利発でもありましたね。先生が休みの間も、子供たちの世話を引き受けてました。ところが先生は戻ってこなかったんです。そろそろ来るだろうと思ってたら、死んだなんていう話を旦那さんから伺いました」

こうなると私も考えました。「で、死因は？」

「そこまでは聞いてません。じゃ、先生、すみませんが、仕事がありますので」

# 第3章

グロースさんが背を向けて去ったのは、別に意地が悪かったからではありません。これは幸いなことでして、私が職務に専念する上で、今後の信頼関係を損ねるような心配はありませんでした。マイルズを連れ帰ってからの私は、もう蕩《とろ》けたようになっていましたから、そういう気分をグロースさんと二人でしみじみと実感いたしました。あの姿を目にすれば、こんな子を放校するとは不届き千万と叫び出さんばかりだったのです。私は少々遅れてしまって、マイルズは乗合馬車から降ろされた宿屋の前で、さびしそうな人待ち顔をしていました。これを見た瞬間、その妹を初めて見たときと同じく、純粋の気が香り立つばかりの子が、みごとな清新の光に心身を包まれていると思いました。信じがたいほど美しいのです。そう言えばグロースさんがぴたりと表現していました。あの子の前にいると、優しくしてやりたいという愛情だけが残って、あとはみんな流されてしまう——。あの日、あの場で、私はマイルズを何か聖像のようなものとして心に抱きました。あれほどの神々《こうごう》しさを、いかなる子供にも見たことがありません。この世にあるものは愛しか知らないというような風情《ふぜい》を、どう言えばよいのでしょう。悪い子だということになっているのに、あれだけの無垢《むく》な可愛らしさを漂わせていたとは、この子を連れてブライの館に帰った頃には、わけがわからないと思うばかりで――つまり私の部屋の引き出しに、とんでもない手紙がしまい込んであるのだから、わけがわからない――というか言語道断、と思えてなりませんでした。まもなく私は、グロースさんと密談できる折を見て、まったく奇怪な話ではありませんかと言いました。

これは即座にわかってもらえました。「はい、あの非道な言いがかりのことですね――」

「あんなの虚《むな》しいだけです。そうでしょう、見ればわかるんですから!」

なんだか子供の魅力を新発見したような言い方になったので、グロースさんは顔をほころばせ、「それはもう、とうに目を奪われておりますよ」と言って、すぐさま次の話をしました。「で、先生、これからどうなさいます?」

「手紙への返事として?」私はもう心を決めていました。「何もしません」

「ご本宅への知らせは?」

私は斬《き》って捨てるように、「何も」

「坊っちゃん本人には?」

われながら立派に、「何も」グロースさんはエプロンで大きく口をぬぐいました。「そういうことならお味方いたしますよ。頑張りましょう」

「頑張りましょう!」私は熱っぽく唱和し、手を差し出してグロースさんに握らせ、これを盟約の印にしました。

グロースさんは握った手に力を込めて一瞬だけ私を引き留めると、空いているほうの手でもう一度エプロンを口元に上げました。「あのう、ちょっと図々しいかもしれませんが——」

「キスですか? どうぞ!」この気立てのよい人に腕を回して、まるで姉妹のように抱き合っていたら、ますます心強くなって、あらためて義憤に燃えていました。

ともかくも、この時点では、そういうことでした。いろいろなことがあって、どうなっていったのか思い出されて、よほど上手にお話ししなければ、収拾がつかなくなりそうです。あんな立場だったというのに、よくもまあ勤めようとしたものだと、いまにして思います。グロースさんという仲間を得て、さあ頑張ろうと思い立ってはみたものの、あれは魔法で惑わされたような心理状態だったのかもしれません。たしかに大変だろうけれども、どこまでも頑張り通して、どんな難事でも解消していけるのではないかと思えたのです。なんと可愛い、なんと可哀想《かわいそう》な、という情緒の大波にすくい上げられた私が、愚かしくも取り散らかった考え方をして、おそらくは身の程知らずでもあったがために、これから世の中を学んでいく課程の緒に就いたばかりの少年を、おのれの力量で扱えると簡単に思い込んだのでした。夏休みが終わったら学業をどう再開させる成算があったのか、それすら現在では思い出せなくなっています。勉強なら私が教えればよい――あの魅惑の夏には、それが当然だと考えられたのですが、何週間もかけて勉強したのは私だったような気がします。まず当面は、小さな暮らしでの乏しい見聞にはなかったことを、初めて習い覚えていました。楽しんで、楽しませて、明日のことまでは考えない。そんなことを覚えたのです。広い空間、大気、自由、夏が奏《かな》でる音楽、自然の神秘――そんなものだって、いわば初めて知ったと言ってよいのかもしれません。それから、思う、思いやる、ということ。これがまた甘美なのでした。でも罠《わな》だった、と申しましょう。お誂《あつら》えに仕組まれたとは言いませんが、なかなか奥深い仕掛けとして、私の想像力、感受性、たぶん虚栄心にも、そして何にせよ私の内部にあって高度に敏感なものに、作用をおよぼす罠でした。このあたりの事情を言うなら、要するに私が無防備だったのでしょう。非常におとなしい子供たちだったので、養育そのものについては、ほとんど手間はかかりませんでした。ですから——と言うほどの脈絡があるかどうか、まったく曖昧なのですが——これからの厳しい将来に（すべて将来とは厳しいものでしょう）ひどい目に遭って傷つくこともあるのではないか、などと先の心配までしていたのです。いまのところは健康と幸福の花が咲いたような子供たちでしたが、やんごとない生まれの若様お姫様が大事に守られて育たねばならないように、今後この二人には、ロマンチックな、まるで宮廷に付属した庭園にいるような暮らししかないだろうと私は夢想していました。もちろん現実にはいきなり闖入《ちんにゅう》したものがあっただけに、それ以前の時間が静かな魅力をたたえていたように思えてならないのかもしれません。その静けさの中に、何やら低く身構える不穏なものがあったのです。それからの変化は、たしかに野獣が飛びかかるように訪れました。

私が来たのは日の長い季節でしたので、よく晴れた日なら、私だけの時間と言えるものを都合できました。生徒たちにはティータイムも就寝時間も過ぎていて、まだ私は自室へ引き上げていかないという、ちょっとした一人の時間を持てたのです。子供たちを相手にするのも楽しかったのですが、一日の中では、この時間が格別の楽しみになっていました。とりわけ好ましく思ったのは、昼の光が薄れて——と言いますか、まだ暮れなずんでいる頃合いに、きょうという日の最後の鳥が、きょうの最後の啼《な》き声を、古い木立から夕焼け色の空に響かせるところへ、ぶらりと私が出て行って、この持ち主にでもなったような気分で、堂々たる敷地の景観を楽しむという一時《ひととき》でした。心静かに、いまの自分を是認できる。そんな時間でもあったのです。また私が思慮を巡らし、分別を働かせて、見識のある行動をとっているのですから、そうなるように仕向けたご当人も——まだお忘れではないとしたら——さぞ喜んでくださっているだろう、と考えることも私の楽しみのうちでした。いまの私は、あの方が熱望して、私に直談判なさったことを実行していたのでして、その気になれば私だって立派に役に立つとわかっただけでも望外の喜びだったのです。あえて申し上げれば、若いけれどもたいした女ではないかと私自身が考えて、また、そうと知られることになるのだと信じて心の安らぎとしていたのでした。いえ、それを言うなら、たいした女にならざるを得ないのでもありました。ほどなくたいした現象が兆《きざ》してきたので、私からも対抗する構えをとるしかなかったのです。

　ある日の午後、私だけの時間の真ん中で、いきなり出たものがあります。もう子供たちは寝室に入れてしまって、私は散歩に出ていました。ぶらぶら歩きながら考えることもありまして、いまの私だから平気で言えるのですが、あの日々には、もし思いがけなく出会う人でもあったなら、まるで素敵な物語のようではないかと思ったりもしたのです。たとえば小道を曲がった先にひょっこり立っている人がいて、よくやっていると笑顔で誉めてくれる。それだけでよいのでした。わかっていてもらえればよいのです。ただ、そうと知るためには、この目で見たい、やさしく射《さ》し込む光として、あの立派なお顔に見てみたい——と思っていたら、そのとおりに出たのです。つまり、顔が見えた、ということです。最初は、ある六月の日でした。ようやく長い昼間が終わろうとした時刻に、私は庭の木立を抜けて、館が見える位置に出たところで、ぴたりと足を止めました。その場で動けなくなったのですけれども——あれほど衝撃のあるものを目にしたことはありません——心の中で見ていただけのはずなのに、瞬時に切り替わって、あれは現実だと思えたのです。あの人が立っている！　あんな高いところ——。芝地の向こう、塔の屋上にいる——。ここで初めて朝を迎えた日に、小さなフローラに案内されて上がった四角い塔です。これは二棟立っているうちの片方なのですが、どちらも古城の櫓のように壁の上端が凸凹の線をなして、この館としては異質です。二つの塔は、私が見てもどこがどう違うのかわかりませんけれども、なぜか新塔、旧塔、という区別がなされていました。館の両側に接して立ち上がり、おそらく建築物としては虚仮威《こけおど》しにすぎないでしょう。ただ、一応は全体の中に収まり、むやみに高く聳《そび》えているのでもなかったので、いくらか救われていたかもしれません。ロマン趣味が復活した時代の産物なのでして、いまとなっては充分に古めかしい趣がありました。私は結構なものだと思ってながめていて、塔にまつわる空想をめぐらしたこともあります。とくに黄昏《たそがれ》に立つ塔を見ていると、ああして防御の壁をそなえた雄姿は感興を誘うものでありましょう。とはいえ、私が何度も心に思い浮かべていた人の姿は、あんな高いところに似つかわしくありません。

黄昏の空間に浮き上がった姿から、はっと息を呑《の》む衝撃が二度に分かれて生じたことを覚えています。まず最初の驚きがあり、まったく別の二度目があったのですが、この二度目というのは、一度目が見間違いだったとわかって愕然《がくぜん》としたというものでした。私と目を合わせた男は、私が早合点で思い込んだ人ではなかったのです。錯覚でした。これだけ年月がたってからでは、どういう視野の混乱が生じていたのか、ありのままにお話しできるとは思いません。人のいない場所に知らない男が出たとしたら、ひっそりと小さな世界で育った若い女には、それだけでもう不安なものが近づいたと言えます。私に向かって立つ姿は――ほんの数秒でわかりましたが――もちろん私が思い浮かべた人ではなく、それまでに会ったことのある誰でもありませんでした。ハーリー街でも、そのほかどこでも、見たことのない人だったのです。さらには世に

も不思議なことですが、この敷地そのものが、たちどころに、また人影が出たという
だけのことで、さびれた別世界になりました。じっくり考えながら言葉にしようとす
るのは初めてなのですけれども、そうしていると少なくとも私自身には、あの雰囲気
がそっくり思い出されてまいります。私がよく見ようとした間にも——たしかに見え
るものは見たと思うのですが——あたりの様子が一変して、全体に死相を帯びたとで
もいうようになりました。夕暮れの音がすべて強烈な沈黙に落ちました。いま書いて
いる私の耳にも、あの沈黙が届いてくるようです。もう黄金色の空にカラスは啼かず、
楽しかったはずの時間がぴたりと音声を失いました。ですが、ほかにどう変わったと
も言いがたく、ただ私の目に映るものがますます不思議に鮮明なのでした。あいかわ
らず空には黄金の色があって、大気は澄んでいます。塔上の防壁から私を見る男は、
額に入れた絵のように、はっきりした像になっていました。私は絵をくるくると入れ
替える要領で、あの人この人と考えてみたのですが、どれも違いました。あの距離で
顔を見合わせる時間が長引いて、いったい誰なのだという強烈な疑問がありましたが、
どうにも答えようはなく、瞬刻のうちに強烈な異変として感じていたのです。
　ある事柄を振り返って、その持続した時間はどうだったのかということが、ひとつ
大事な問題になる場合があります。私が出合った事柄については、あれが何だったと

思われるにせよ、私がいくつもの可能性を考えようとする時間はありました。もちろん、この館の内部に——そもそも、いつからなのか——私の知らない人が入り込んでいたとは、どう転んでも、よいことのあろうはずがありません。いずれにしても、しばらく時間があったのでして、こんなことを知らされないのは私の立場としておかしい、あんな人がいてはいけない、と思って腹立たしくもありました。ともかくも見知らぬ訪客が——帽子もかぶらずに来たとは、へんに馴《な》れ馴《な》れしいのではないかと思った覚えもありますが——あんな高いところに存在するというだけで私を疑念の虜《とりこ》にして、薄らぐ光の中でじっと目を凝らしたくなるくらいに、しばらく見えていたのです。あの距離なので声を掛けるということはありませんでしたが、どちらからも目を背けずに対峙《たいじ》していたのですから、もう少し近ければ、沈黙を破って問答にいたるのが当然という局面にもなったでしょう。塔の屋上にいる男は、館の本体からは離れた側の隅にいて、すっくと立っている印象があり、手は左右とも壁の上端に乗せていました。そんな姿が、いま私が自分で書いている文字を見るのと同じように、はっきりと見えていたのです。ところが一分後には、まるで情景の演出をするかのように、男はじわじわと位置を変えて、私を睨《にら》んだまま館の方向へ移動しました。その間、私を見る目は全然動かしていない——ということが痛烈に感じられました。いまも私は、壁の凹凸に一つずつ手が見えて移動したことを、まざまざと思い出します。男は終端まで行って止まりましたが、もう長居はせず、方向を変えて去りました。その去り際《ぎわ》にも、私はぴたりと目で押さえられていたのです。いなくなった、と思うのがやっとでした。

# 第4章

あれから一応は様子を見ていたと言えましょう。おおいに揺さぶられながら、その場に立ちすくんだのでもありました。このブライの館《やかた》には秘密でもあるのでしょうか――まさかユードルフォ（アン・ラドクリフの小説『ユードルフォの謎《なぞ》』（一七九四年）で、主人公が幽閉される怪奇の城）のようになっている？　あるいは精神の壊れた縁者を閉じ込めて、ひた隠しにしている？　そんなことを考えて、どれだけ時間がたったのでしょう。わけのわからない怖いもの見たさの心境で、いつまで遭遇の現場にとどまっていたのやら、いまにして言えるのは、私が邸内に戻った頃には、もう夕闇《ゆうやみ》が落ちていたということだけです。さすがに心が騒いでいたのは確かでしょう。戻る前に敷地内をぐるぐると三マイルほども歩いたのではないかと思います。でも、あとになってからの衝撃が生易しいものではありませんでしたので、その幕開けにすぎない時点では、まだ生きた心地もしなかったとまでは申しません。ここで奇妙だと思ったことは――もちろん何もかも奇妙だったのですが――館の玄関に入って、グロースさんと会ってからの私の意識にありました。その場面が、ふたたび順を追って思い出されます。まず帰ってきた私が目にしたのは、白い大型の壁板による空間、これがランプの光を明るく浴びて、肖像画が何枚も掛かって、赤いカーペットが敷かれて、するとグロースさんがびっくりした善意の顔をするので、いままで心配してくれていたことがよくわかる――。よくわかると言えば、私を見つけたグロースさんが、心の中までさらけ出したように、これでもう大丈夫としか思っていない態度でしたので、私が話して聞かせたい変事については何も知らないらしいこともわかりました。ただ、この人の和やかな顔を見たら、いまは話さずにおこうと思い直しました。これは私も予想外でして、うっかり言えないと判断しているということは、さっき見たものが深刻だったと思えばこそでしょう。つまり私が恐怖心にとらわれていった出発点は、友人に負担をかけまいとする本能にあったとも言えるのですから、おかしな話があったものです。あの心地の良い玄関ホールで、グロースさんの目に見られながら、どういう理由によるのか、あのときの私には何とも言いようがなかったかもしれませんが、いまは話さないという方針から、私は心を内向きに転回させて、あやふやな言い訳をして遅くなったことをごまかし、きれいな夜になったとか、たっぷり露が降りて足が濡《ぬ》れてしまったとか、もっともらしいことを言って、そそくさと自室へ引き上げました。

さて、一人になれば話は別です。それから何日も、おかしなことになっていたと言ってよいでしょう。来る日も来る日も、かなりの時間におよんで――あるいは職務を切り上げて捻出《ねんしゅつ》したわずかな時間だけでも――部屋に閉じこもって考えていたくなったのです。ただ、この段階では、まだ我慢ならないほどに怯《おび》えていたのではなくて、そうなりそうな予感に怯えました。いま考えねばならない現実がどんなものか、それは単純明快にわかっていました。まったく不可解なことながら、しかし密接に関わってしまったらしい来訪者に対して、およそ説明らしきものをつけられないというのが現実です。この家の内情を知るのに、とくに表立って調べるまでもない、ということは容易にわかりました。あんな衝撃があったおかげで、私の感覚が鋭くなっていたようです。三日間なるべく気をつけるように見ていただけで確信いたしました。使用人が私をからかって悪ふざけをしたのではありません。私の知ったことが何であれ、この屋敷では全然知られていないことなのです。そうであれば、まともな推論は一つだけ。勝手に入り込んだ不埒《ふらち》な者がいるとしか思われません。私は部屋に戻って鍵《かぎ》をかけると、一つ覚えの独り言のように、そればかり考えていました。この館が不法侵入を受けたのです。古い屋敷をのぞきたがる風来坊が、いつの間にか忍び込んで楼上からの展望を楽しみ、また人知れず去っていったのでしょう。私を睨《にら》みつけた目つきだって、ふてぶてしい所行の一端にすぎません。何だかんだ言って、もう会うことはありますまい。それだけは結構なことです。

ただ、何が結構かと言うなら、ほかに大事なことがあったのだと申しましょう。魅力たっぷりの仕事が私にはある、これさえあればあとはよい、と一人で決めていたのです。もちろん、マイルズおよびフローラと暮らすのが、私の仕事でした。たとえ悩みがあるときでも、これだったら打ち込める。そう思うと、つくづく好ましく思える仕事だったのです。私は職責となった二人に心を惹《ひ》かれて、毎日が楽しくてならず、われながら取り越し苦労をしていたものだとあきれる思いでした。地味な業務が延々と続くのかもしれないという暗い気分が、当初にはありました。ところが来てみれば地味どころではなく、つまらない繰り返しでもありません。どの一日にも美しいものを見せてくれる仕事に、魅力がないはずがないのです。まったくもって子供部屋のロマンス、勉強部屋の詩情でした。いえ、これは何も、小説や詩ばかりを教えたと言っているのではありません。小さな仲間がもたらしてくれた感興は、そうとでも譬《たと》えるしかないのです。私が生徒たちに慣れてしまうことはなく——これだけでも家庭教師としての驚異ではないかと、ご同業の方々の証言を俟《ま》ちたいところですが——いつでも何度でも新しい発見がありました。ただ、ある方面にだけ発見が滞ったのは確かでして、つまりマイルズが学校で何をしでかしたのかということは、あいかわらず深々とした闇の中だったのですが、さりとて向き合って心が痛む謎ではなかろうと即座にわかっていたことは、すでに申しました。あるいはマイルズ自身が――口には出さずとも――さっさと疑惑を晴らしたというのが実情に近いかもしれません。こんな子が放校処分になるとは、まるで理不尽だとわかったのです。バラ色に輝くような純真無垢を前にして、私にも判断の花が咲きました。つまり、学校こそが汚濁にまみれた小世界だったので、よく出来た子供が学校に合わず、かえって責めを負わされたのでしょう。人並み外れて優れた資質というものは、ありきたりな大多数から見るならば――その中には校長と称される愚かしく汚《けが》らわしい小人物だっているのかもしれませんが――ただ恨めしくなるだけと決まっているのです。

二人ともおとなしい子でした（これが唯一《ゆいいつ》の物足りない点でしたが、だからといってマイルズがだめな子だったのではありません）。いつも穏やかでしたので――どう言ったらよいのか困るのですが――あまり個性が際立たず、とりたてて叱《しか》るべきこともありません。いわば頭と翼だけで描かれた天使のようなものでして、道徳上の観点からは、どこにも叩《たた》きどころがないのでした。とくにマイルズについては、過去の歴史がない子という印象がありました。小さい子供にも小さいながらに過去はあるのが普通でしょう。ところが、この美少年の場合は、飛び抜けた感受性があって、なお飛び抜けて天真爛漫《らんまん》でもありましたので、あの年齢としても他に例を見ないほど、毎日を新しく始めていると思わせる子だったのです。ただの一瞬でも、いやな思いをしたことはなかったのでしょう。よい証拠になるではないかと私は思いました。お仕置きらしきものは受けていないということです。もし悪い子だったのなら、それくらいの目には遭ったことがあるはずで、だとすれば私にも跳ね返ってくるものはあったはずで——そういう過去の痕跡《こんせき》をたどることもできたはずです。まったく何もなかったのですから、あの子は天使だったということでしょう。学校の話は出ませんでした。級友や先生について何も語られていません。私だってそんな話は不愉快ですから黙っていました。もちろん私は魔法にかかったように夢中だったのですが、そうと気づいていたのは自分でもたいしたものだと思います。でも、あえて魔法にかかっていました。これを痛み止めの薬にしていたのだと申しましょう。当時、つらいことはあったのです。よく実家から気がかりな手紙が来て、あまり芳《かんば》しくない近況が書かれていました。ですが、あの子たちを相手にしていられるなら、そんな悩みが何だというのでしょう。ちょっとした時間に自室に引き上げることがあると、そのように自問していました。あの二人の可愛《かわい》らしさは目も眩《くら》むようなものだったのです。

さて、ある日曜日のこと、ひどい雨が降りやまず、これでは教会へ行くのは無理だと思われました。という次第で、夕方近くになってから、私はグロースさんと申し合わせて、もし天候が回復したら私たちだけで夜の礼拝に出ることにしました。幸い、雨がやんだので、私は外出の支度をいたしました。敷地を出てから、足元のしっかりした道を行くとして、村まで二十分ほどで着くでしょう。グロースさんと玄関で落ち合うように階段を下りたら、私は綻《ほころ》びを直した手袋のことを思い出しました。子供たちのお茶の時間に、あまり教養にはなりますまいが、三針ほど縫うところを見せたのです。日曜日のお茶だけは、マホガニー材と真鍮《しんちゅう》で仕上げた「大人の食堂」で供されていました。ひんやりして清らかな聖堂のような部屋です。私は置きっ放しにしていた手袋を取りに行こうと、その部屋に向かいました。もう暗くなりかけていながら、いくぶんか午後の光が残っていて、ちょうど入りかけた部屋の中で、閉まっている大窓に寄せた椅子《いす》に捜しものが載っていることはわかったのですが、この窓の外側から室内をのぞく人がいることもわかりました。私が一歩踏み込んだだけで、もう充分に見るべきものは見えました。のぞき込んでいる人物は、すでに現れていた男と同じでした。また出たのです。いよいよ間違いなく、とは申しません。もともと間違いではなく、はっきり見えていたのです。ですが今度は私との関わりの上で、大きく一歩踏み込んで来られたような気がして、まともに顔を合わせてしまった私は息を詰めて寒気を覚えました。まったく同じです――あの男が、前回と同様、腰から上だけ見えていました。食堂は一階でしたけれども、その窓は男が立っているテラスの地面までは届いていません。男の顔はガラスにくっつきそうでしたが、よく見えているだけに、なおさら前回の映像が強烈だったことが思われるという、おかしな結果になっていました。男がいたのは何秒かにすぎなかったでしょうが、それだけで男から見ても覚えがあったらしいことは確かでして、まるで私が何年も前から見知ってきたというようなのです。そんな中で、今回だけ違うこともありました。ガラス越しに部屋をはさんで立つ男は、私の顔に突き刺さるような視線を向けていて、それは前と同じでしたが、一瞬だけ私から目を離すことがあり、その間、別の対象をとらえようと目を動かしているのがわかりました。それでもう一つ、はたと気づいて衝撃を受けたのです。私をねらって来たのではありません。ほかに標的とする人がいるのでしょう。
　そうと閃《ひらめ》いたことで――つまり恐怖の中にも判断が働いたので――私にとんでもない力が作用しました。突如として義務感と勇気に震えたのです。こうなったら怖がってなどいられません。私は部屋の入口から飛び出し、玄関へ行って、ただちに表の通路に出てから、大急ぎでテラスを走って、一つ角を曲がると、見通しのよい場所に出ました。ところが見えるものはありません。現れた男は消えていました。私は立ち止まり、へたり込みそうになって、つくづく安堵《あんど》したのですが、あたりの様子はしっかり見えておりました。また男が現れるまで待とうともいたしました。しかし待つと言ってもどれだけの時間がたったのでしょう。ああいう場での時間感覚がどうなっていたのか、いま申し上げても役に立たないと思います。そういう計算ができなくなっていたようで、私が実感したほどに長く続いたとは、とうてい考えられません。テラスからの一帯、芝地、その先の庭園、というように敷地を見渡しても、人っ子一人いませんでした。大小の樹木はありますが、どこかに男が隠れているとは見えません。その確信にまったく曇りはありませんでした。いるのかいないのかどちらかで、いるとは見えないのですからいないのです。そこまで納得してから、いま来た道を戻るのではなく、私は本能として窓に寄って行きました。あの男がいた位置に私も立ってみたらいいという理屈にもならない考えが出ていました。そうやって窓ガラスに顔を近づけ、男と同じように室内をのぞき込みますと、あの男の視界がどうだったのか知らせてくれるかのように、さっきの私に代わってグロースさんが玄関ホールから部屋へ入ろうとしたのです。こうして同じ出来事の反復があって、そっくりそのまま私の目に映ることになりました。私が男の姿を見たように、グロースさんが私を見ました。そして私と同じように立ちすくんだのです。私は自分が受けた衝撃をお裾分《すそわ》けしたのでしたが、グロースさんがひどく蒼白《そうはく》になったので、私もあんな顔色だったのだろうかと思いました。ともかく早い話が、グロースさんは驚いた目になって、私と似たように後戻りをしたのです。まず自失してから、私だと気づいたように思われました。まもなく出て来るでしょう。私はその場を動かず、待っている間にあれこれ考えることはありましたが、いま申し上げておきたいのは一つです。なぜグロースさんには怯える謂《い》われがあったのでしょうか。

# 第5章

するとグロースさんが答えを持ってきてくれました。玄関を出てから、ぐるりと回って、ふたたび私の目に見えていたのです。「どうなさいました——」顔を真っ赤にして、はあはあと息を弾ませていました。

私はグロースさんが近づくのを待ってから、「私が?」と言いました。すごい顔になっていたのでしょう。「わかります?」

「だって血の気がなくなって、大変なお顔ですよ」

ここは考えどころでした。もう仕方ない、言うべきことは言う、そんな事態かもしれません。グロースさんには知らないままでいてもらおうと思った遠慮が、するりと私から抜けました。もはや迷うとしても隠しごとの迷いではありません。私は手を差し出し、それをグロースさんが受けました。私はグロースさんとの近さを実感したくて、そっと引き寄せてみたのですが、どぎまぎしたグロースさんにも胸の高まりはあったようで、この人は味方なのだと思えました。「教会へ行くという約束でしたよね。

でも行けなくなりました」

「何か困ったことでも？」

「ええ。もう知っておいてもらいます。私を見て只事《ただごと》ではないと思いました？」

「窓越しに見て？　凄《すさ》まじいものでした」

「そうですか」私は言った。「ひどく恐ろしかったものですから」グロースさんの目を見ると、こわい思いはしたくないという色は歴然としていましたが、どんな不都合があろうとも私と力を合わせる立場であることは承知している人でした。当然の任務と言ってよいでしょう。「たったいま食堂でご覧になったものは、その困ったことの結果です。つまり私が直前に見たものは、それどころではありませんでした」

グロースさんの手に力が入りました。「何があったんです？」

「異常な男が、のぞいていました」

「異常というと、どんな？」

「さっぱりわからなくて」

グロースさんはあたりを見回しましたが、もちろん何も見えません。「どこへ消えたのでしょうね？」

「なおさら、さっぱり」

「いままでにも見たんですか？」

「ええ、一度——旧塔にいました」

グロースさんは、ひたすら私を見つめるだけです。「つまり正体がわからない？」

「そうなんです」

「私には黙ってらした？」

「あの、いろいろ考えることもあって。ですが、もうお察しかもしれないので——」

そう聞いてグロースさんは目を丸くしました。「そんなことありません！」ずばりと言います。「先生に見当がつかないものを、どうして私が？」

「まったく何が何やらです」

「で、見かけたのは塔の上だったと？」

「あとは、たったいま、この場所で」

グロースさんはもう一度あたりを見ました。「塔の上なんて何のつもりだったんでしょう」

「ただ立って私を見下ろしていたんですが」

しばらくグロースさんは考えて、「紳士でしたか？」

これには即答できます。「いいえ」するとグロースさんはますます不審そうな目になりました。「いいえ」

「じゃあ、屋敷の者でも、村の者でも?」

「ないですね。じつは内緒でそれとなく確かめたんですが」

グロースさんは、どことなく安堵したような息をつきました。理屈にはなりませんが、それなら結構だということでしょう。もちろん小さな前進というにすぎません。

「もし紳士ではないとしたら——」

「ないとしたら?　怪人でしょうか」

「怪人?」

「いえ、あの——もう何だかわかりません!」

グロースさんは、またしても周囲に目を配って、その目を遠くの暗闇に凝らしてから、はたと思い直したように私を見たのですが、やや唐突な感はありました。「そろそろ教会へ行きませんとね」

「でも、いまはちょっと」

「行けばいいこともあるでしょうに」

「あっちは、どうかしら——」私はちらと館に顔を向けました。

「子供たち?」

「置いては行けません」

「やはり不安が？――」

私は敢《あ》えて言いました。「あの男は、不安です」

すると初めて、グロースさんの大きな顔に、ちらりと浮かんで見えるものがありました。いやな心当たりでもあったのかもしれません。やっと思いついたという気配が私にもわかりました。それは私から聞いたことではなく、いまだ私のあずかり知らないことのようでした。それならグロースさんに教えてもらえばよいと思ったという覚えがあります。またグロースさんが重ねて問いたがった態度にも関わりそうな気がしました。「で、塔の上にいたのは、いつだったんです？」

「今月の半ば。きょうと同じ時刻に」

「日暮れ時ですね」

「あ、でも、暮れてはいません。はっきり見えましたから」

「どうやって入ったのでしょう」

「どうやって出たのでしょうね」私は笑いました。「聞きそびれてしまいました！ところが今夜は、入ってこられなかった」

「のぞくだけ？」

「それで終わってくれたらよいのですが」もうグロースさんは私の手を離していて、いくぶんか横向きになりました。私は一瞬だけ待ってから「どうぞ教会へ」と言いました。「私は留守番してます」

グロースさんはゆっくりと私に向き直りました。「あの二人が心配ですか?」

ここでまた私たちはじっと見つめ合いました。「そうではありませんか?」これに答える代わりに、グロースさんは窓に近づいて、しばらくガラスに顔を寄せていました。その間、私は「そのように男にも見えていたんでしょうね」と言っています。グロースさんはじっと動きませんでした。「どれくらい立ってました?」

「私が外に出たら、いなくなってました。対面するつもりで出たのに」

やっと窓から離れたグロースさんの顔は、まだ何か言いたそうに見えました。「よく出られましたね。私には無理だったでしょう」

「無理なんですけど」また私は笑いました。「そこをどうにか。職務ですから」

「そうでしたね、私もそうしなくては」と応じたグロースさんは、この話を続けました。「どんな男です?」

「それを言いたくてたまらないのですけど、誰に似てるとも言えなくて」

「誰に似てるとも?」

「帽子はかぶっていません」私がそう言っただけで、もうグロースさんの顔には、ある肖像めいたものを思いついて驚愕を深めた表情が見えましたので、私は手早く似顔絵の補筆を進めました。「髪は赤毛です。赤みが強くて、くるくる巻いたような癖毛ですね。青白い面長な顔ですが、顔立ちは悪くありません。ちょろちょろと生やした頬髯《ほおひげ》は、髪と同じ赤毛です。眉毛《まゆげ》は赤黒いような色をして、大きく反った形で、ひくひく動きそうでした。目つきが鋭くて——あれは普通ではありません。小ぶりな目が、ぴたりと焦点を合わせている、ということは言えます。薄い唇が横に広がったような口をして、ささやかな頬髯のほかは、きれいに髭《ひげ》を剃《そ》った顔です。見た目の感じで、なんとなく役者ではないかという気がしますね」

「役者ですか！」と言ったグロースさんほど、役者らしくない人はいないでしょう。

「私だって実物は一人も見たことはありませんが、まあ、そんなものではないかと。上背があって、しっかり動いて、まっすぐに立つ男です。でも、あれは絶対に——紳士ではありません」

この話を聞くグロースさんの顔が蒼白になっていました。丸い目をさらに見開いて、穏やかな口もぽかんと開いています。「紳士なんて」と息を喘《あえ》がせ、ただ呆然《ぼうぜん》としていました。「あれが紳士なんてことは」

「ご存じなんですか?」

グロースさんは取り乱すまいと懸命のようでした。「見かけはいい男なんですね?」

私は気休めになればよいと思って、「ええ、それはもう!」と言いました。

「で、服装は――」

「あれは借り着でしょう。上等な身なりでしたが、自前の服ではなさそうです」

グロースさんは息詰まるように絞り出した声で、裏付けとなることを言いました。

「旦那《だんな》さまの服ですよ!」

これは聞き捨てにできません。「では、やはりご存じなんですね?」

グロースさんはわずかに口ごもってから、「クイントです!」と吐き出しました。

「クイント?」

「ピーター・クイント。身の回りの世話係をしてました。この館にいらした頃には――」

「旦那さんが、いらした頃?」

口のふさがらなくなった顔を私に向けて、グロースさんは経緯を語りました。「帽子をかぶる男ではありませんでしたが、でもベストなら、あの、旦那さまのが何着かなくなってましたんで――。去年は二人とも館にそろって――でも旦那さまが出て行かれてから、クイントは一人でした」

私は話を追いかけながら、とまどうこともありました。「一人になった？」

「一人になったクイントと、あとは私たちです」そして、さらに深いところから押し出すように、「あの男が差配をして」

「で、その後は？」

グロースさんが黙ってしまいましたので、私には謎めくばかりでした。しばらく時間がたって、ようやく「あの男もいなくなったんです」

「どこへ？」

このときのグロースさんの顔は尋常ではなくなりました。「行き先は神のみぞ知るとしか！　死んだのですから」

「死んだ？」私の声はほとんど悲鳴でした。

グロースさんのほうが姿勢を正し、足を踏ん張って、この驚異を言葉にしました。

「ええ、死んだ人なんです」

# 第6章

こうなった以上、私たちは二人で組んで事に当たるしかないと覚悟したのですが、それは窓の外の立ち話だけでできあがったものではありません。私にとっての現実は、すでに鮮やかな出現を遂げたものが見えてしまっているという恐ろしい事態であり、またグロースさんにとっても、驚愕《きょうがく》と共感が相半ばするような認識を得たという――すなわち私が陥った事態を知らないことにはできなくなったという現実がありました。あの晩、私は見たものの正体を知らされてから一時間ほども立ち直れなくなっていて、私にせよグロースさんにせよ、もう教会へ行くどころではなく、涙ながらに誓いを立てる、祈りながら約束をする、ということが当夜の典礼になりました。そこへ行くまでには、とりあえず子供用の教室になっている部屋に引き上げ、しばらく二人で閉じこもって、もう何もかも包み隠さず、相互に質疑応答を重ねたのです。そうやって何もかも話し合った結果、この状況の根っこに凝り固まっている難しさに突き当たりました。まずグロースさんは怪しい影を見ていません。影のそのまた影すらも見ていないのです。この条件下で難しい立場は家庭教師でしょうが、その当人だけが苦しくなっていました。ところがグロースさんは私の正気に疑義を挟むことなく、私が言うことをそのまま信用した上で、つくづく恐れ入ったような優しさを私に振り向けてくれたのです。私にしか見えないのですから、もし疑えば切りがないでしょうに、これを誠実に受け止めたということで、このときのグロースさんの優しさには、人が人を思いやる至上の真心が息づいていたのだと、いまも忘れることができません。

というわけで、この夜、二人そろって頑張ろうという気構えができました。私にしてみれば、おかしな現象を見てもいないグロースさんが、こんな面倒を背負い込んでくれるものなのかと思ったくらいでした。この時点で、また後になってからでも、子供たちを守るために何ができるかということは、私も心得ていたと思います。ただ、グロースさんが私の同盟軍になり、あんな間尺に合わない約束を守ってどこまで踏みとどまれるのか、私がわかるまでには相応の時間を要したのです。私という人間は、なかなか付き合いにくい変人だったことでしょう。その点では私が出くわした人物とも大差ないかもしれません。でも、私とグロースさんとの話し合いを思い返すと、どちらから見ても妥当な一つの考え方が出ていたのだと思います。そのおかげで気を確かに持っていることができたのでしょう。それが次の一手となって、いわば私を心の奥の恐怖という部屋から連れ出し、中庭の空気を吸えるくらいの心地にして、そこへグロースさんも来てくれていた、というようなものです。あの夜、それぞれが引き上げるまでの時間に、どのように私の気持ちが強くなっていったのかということが、ありありと思い出されます。私が見たものを二人でしっかりと考え直しました。

「では、ほかに目当てがあったということですね？　先生ではない誰かをさがしていた」

「きっとマイルズだと思います」ただの胸騒ぎではない見通しが、私から離れませんでした。「そうに違いないでしょう」

「どうしてわかります？」

「だって、そうでしょう。そうですよ」私は感情を高ぶらせました。「そう思うでしょうに！」

グロースさんも否定はしませんでしたが、私は問いつめていません。そうと口に出してもらうまでもないことでした。ともあれ、すぐにグロースさんは話を進めました。

「もし見てしまったとしたら、どうしましょう」

「マイルズが見たら？　それこそ望むところでしょうね」

グロースさんの顔に、ふたたび恐怖が走りました。「お望みになる？」

「まさか！　あの男の望みですよ。子供たちの前に現れたいのです」そんな出現がありそうで、またグロースさんと話し込むうちに、どうにか押しとどめておく手立てもありそうで、すでに見たものを、私はまた見るのでしょう。それは絶対に確かだと思いました。だったら私が身代わりになって、あれを一手に引き受けるなら、ほかの人は無事でいられるのではないか。とくに子供たちのために奮戦して、おかしなものは断固として寄せつけない。そんな考えが心の中に聞こえました。この夜、話し合いの最後になって私が言ったことを、いまなお思い出します。

「でも、気になりますね、あの子たちからは何も聞いていないのですよ」

私が考え込むと、グロースさんに強く見つめられました。「あの男が住み込んでいて、お二人もまた館《やかた》にいたということ？」

「そういう時期があったのですよね。どんな名前の男がいて、どんな事情があったのか、というような」

「あ、お嬢さんは覚えてらっしゃらないでしょう。聞いた覚えもないはず」

「どうして死んだのか」私はじっくり考えたくなりました。「それも覚えていないのでしょうね。でもマイルズはどうかしら。マイルズなら知っていませんか」

「そんな、坊っちゃんを取り調べるようなことは！」グロースさんが口走っていました。

私は見つめてくる目を見つめ返し、「ご心配なく」と言ってから、さらに考えて、

「でも、なんだか変です」

「坊っちゃんが何も言わなかったこと？」

「噯《おくび》にも出してませんから。その男とは仲良しだったとおっしゃいませんでした？」

「いえ、坊っちゃんは違います」グロースさんが語気を強めました。「クイントの勝手な思い込みです。つまりその、遊び相手みたいなつもりで、へんに甘やかして――」ここで一瞬だけ口をつぐんだグロースさんが、「クイントは出過ぎた男でした」とも言いました。

そう聞いたとたんに、あの顔が――あんな顔の映像がよみがえって、虫酸《むしず》が走る思いでした。「あの子に、出過ぎた真似《まね》を？」

「もう誰にでも！」

この言い方をどう考えるべきなのか、当面は、あまり追及しないことにしました。屋敷内に該当する人がいたのだろうと思っただけです。まだ当時でも男女合わせて数名はメイドその他の使用人がいました。しかし誰の記憶の中にも疚《やま》しいことはなく、

お屋敷にまつわる不穏な伝承、勝手向きの騒動などは、ついぞ聞かれたことのない結構な家柄であるということに、すぐ見当はつきます。悪名を馳《は》せる、醜聞にまみれる、ということのなかった家なのです。グロースさんなど、その最たるもののようでして、ひたすら私にすがりついて打ち震えるだけと思われました。ついに私は、そういう人さえも試すことを言っています。いよいよ深更に及んで、グロースさんが教室を出ようとドアに手を掛けたところでした。「それでは、いままでのお話によれば――大事なことなので念を押すのですが――その男は自他ともに認める悪人だったということですね？」

「いえ、どうだったでしょう。私はそうだと思っていましたが――旦那さんはご存じありませんでしたし」

「お知らせしなかった？」

「あの、告げ口みたいなものは取り合わないお方で――苦情を言われるのがお嫌いなんです。そういうことには気が短くて、たとえ誰がどうあれ、ご自身にとって面倒がなければ――」

「それ以上はお構いなし？」なるほど私の印象とも矛盾はしませんでした。よけいなことには関わりたくなくて、まわりの者がどんなでも、さほどに気を遣わないのでしょう。でも私はもう一押しいたしました。「もし私だったら、きっとお知らせしたと思いますよ」

グロースさんは理屈で押さえ込まれているように思ったことでしょう。「はあ、たしかに、私がいたらなかったのかもしれません。でも、やっぱり、こわさもあって」

「こわいと言うと？」

「何をされたかわかりません。クイントは知恵が回って――底の知れないやつでした」

ここは考えどころだと思われましたが、なるべく顔に出さなかったつもりです。

「ほかに恐れたことはありませんか？　その男の影響というか――」

「影響？」グロースさんは苦しげな顔で聞き返しながら、私が言い直すのを待ちました。

「いたいけな子供たちの生活に悪影響はなかったのかどうか。保護監督のお役目は、どうなっていたんです」

「あ、いえ、私の役目にはなっていません」悲痛な返事が突き戻されました。「旦那さんはあの男を信用して、こっちの屋敷にとどめたんです。あいつは体調がよくないらしいから、田舎の空気を吸わせておいてやろうというお考えでした。すると男は調子に乗って、何につけても思い通りに――」これは聞いてびっくりです。「お二人のこともそうでした」

「そんな、あの男が？」私は叫び出しそうな声を必死に押さえました。「よく平気で見ていられましたね！」

「そんなことありません――いまだって平気じゃないんです！」もうグロースさんは涙をこらえきれませんでした。

さて、そういうことですので、翌日からは子供たちを守って目を光らせていたのですが、一週間ほどは何度でも繰り返してグロースさんと熱く語り合っていました。あの日曜日の夜、さんざん話をしたというのに、まだ言われていなかったこともあり、とくに直後の数時間は――あんな夜に眠れたのかとお考えかもしれませんので申しますと――その言われていないことから伸びる影に一人で悩まされていました。私からは何もかも話したのですけれど、グロースさんにはまだ言い残したことがあったのです。これはグロースさんが私に心を開かなかったからではなく、びっしりと恐怖に取り巻かれて言えなくなっていたのだと、朝方にはわかっていました。いまから振り返ってみますと、あの夜が明けて日が高くなるまでの間に、ちっとも安まらない私が既知の事実だけを思案して、あれから厳しさを増した経過の中で生じた意味を、ほぼ先読みしていたのだと言えます。ここで何よりも強く思われたのは、凶相を帯びた生前の男の姿であり――死後の男については後回しとして――また男がブライの館に住み込んだという月日のことです。これは延べにすると相当の長期になっていました。ついに邪悪な期間が終わったのは、ある冬の朝、夜明けにクイントが死体となって見つかったからです。村から来る街道で冷たくなっていたのを、早出の仕事で通りかかった人が見つけました。頭部に傷口があったということで、一応は、これが致命傷であると見られました。どうやら転倒して傷を負ったらしく――と断定されることにもなりましたが――居酒屋を出てからの暗闇《くらやみ》で凍った急坂にさしかかり、うっかり足を滑らせたのでしょう。屋敷へ帰る道でもないのに、その坂を下りきったあたりに死体が転がっていました。凍った坂、酔って迷った夜道、という条件を考えれば、おおよその見当はつきましょうが――死因の検証があって、とめどなく噂《うわさ》がとびかったあとで――結局は、もう間違いないと思われたのです。しかし、何かと曰《いわ》く因縁のあった男のようですので――危うい行跡、隠れた病癖、疑わしいだけではすまない悪事の数々が、もしかすると事件の真相を語るものであったかもしれません。

私の物語をどうやって言葉にすれば、当時の私の心境をうまく納得いただけるように描き出せるかわかりません。ただ、じつは喜んでいられたということは確かです。

もう気丈な先生として振る舞うしかないという局面で、勇敢な自意識が先走っていたのでした。私には立派な、困難な、任務が課せられたのだと思いました。ほかの女はいざ知らず、私なら果たせるとわかってもらえれば——はい、しかるべきお方にわかっていただけるのなら——すばらしいことになるでしょう。いまから振り返っても自分を誉《ほ》めたいと言ってしまいますが、あの任務をずばりと見定めたのは、おおいに有利なことでした。要するに子供たちを守るのです。幼くして親を亡《な》くした可愛らしい二人が、どれだけ心細い存在であることか。つくづく思いやられて、見ている側の胸の痛みもまた奥が深く、休まらないものになっていました。いわば孤立無援。ここで私たちだけが危機を迎えていました。あの二人には私しかいません。また私には、そうです、あの子たちがいました。ということは願ってもない好機なのでして、これが明瞭《めいりょう》な形をとって心に浮かんでいました。つまり私が衝立《ついたて》になって、二人の前に立つのです。私がしっかり見ていれば、それだけ子供の目をふさいでやれます。私はどうなるかわからない不安を押し殺して、子供を見張るようにしました。心の騒がしさを粉飾して隠すのですから、いつまでも続いたとしたら、それは狂気に転じたかもしれません。そうならずに済んだのは、まったく別の方向へ転じたからだと、いまの私にはわかります。不安は不安のままに続かず、とんでもない現実になりました。証拠が出た、と申しましょう。私がつかんだと思った瞬間から、もう確たる証拠でありました。

この瞬間というのは、ある日、私が年少の生徒つまりフローラだけを連れて、敷地に出ていた午後のことでした。マイルズは室内にいて、窓下の深々とした長椅子《ながいす》で赤いクッションにもたれていたのです。読みかけた本を最後まで読みたいというので、そのようにさせました。落ち着きがなくなることもある、というのが玉に瑕《きず》のような子でしたから、そんな感心なことを自分から言い出してくれたら、おおいに結構です。ところが妹のフローラは待ってましたとばかりに出てきて、まだ日は高く、大変に暑い日でもありましたので、なるべく日陰を選んで半時間ほど私と散歩していました。この子と歩いていて、あらためて気づかされたのですが、兄妹《きょうだい》のどちらにも見られる可愛い美点として、ついてきているのに世話を焼かせず、足元に絡《から》みつくこともなく同行してくれました。うるさいことは言わないのに充分に元気はあるのです。だから私としては、子供たちがおもしろがって遊ぶのを見ていればよいのでした。そういう情景を子供が作ってくれますので、私もおもしろがって見ていたのです。子供が仕立てる世界を歩いていました。私の知恵に頼ろうとはされません。その場の遊びによっては私にも適当な役目を割り振られることがありましたが、これでも先生という目上の人なので、気楽な名誉職のような待遇にとどまっていられました。この日の遊びでは私が何になっていたのか、もう覚えていません。すごく偉い人として静かにしていたような気がします。フローラは一生懸命に自分の役を演じていました。このときは敷地内の池の端におりまして、ちょうど地理の勉強を始めて間もない頃だったので、この池をアゾフ海ということに見立てていました。

そんな状況で、はたと気づいたことがあります。アゾフ海の対岸に見物人がいて、こちらを眺めていることがわかったのです。わかる、という思いが胸中に濃くなったのは、世にも不思議な感覚でした。いえ、濃くなるというか、わだかまるようでさえあったのですから、ますます不思議な気がしました。私は池を見渡す古い石造のベンチに——遊びの役割としては坐《すわ》っていても務まるものだったので——ちょっとした編み物を持って坐っていました。やっぱりそうだと思いながら、しかしまだ直接に見るのではなく、かなりの距離を置いて第三者がいることを意識いたします。古い樹木が立ちならび、こんもりした植え込みも広がっていますので、みごとに快適な日陰ができているのですが、ぴたりと静まった暑い時刻の日射《ひざ》しは処々《ところどころ》に明るく、あたりに模《も》糊《こ》とした様子はありません。見通しはきくのです。少なくとも、いま私が目を上げたとしたら正面の対岸に見えるはずのものが何なのか、という確信は刻々と深まって疑う余地はありません。この時点では私は編み物に目を落としていました。まだ目を上げまいとして必死にこらえていたことを、はっきり思い出します。どういう行動をとるべきか決断できるくらいには落ち着きたい、それまでは見ない、というつもりでした。いま見えるはずの範囲に異分子が紛れ込んでいます。ただちに不法侵入を問責したいような相手です。私はほかにあり得ることを残らず数え上げました。屋敷の使用人が来たとしても、あるいはまた使い走り、郵便配達、商店員、そんなものが村から来たとしても、まったく不自然ではないけれど、などと考えたところで、やはり間違いないという実感に変わりはなく、また訪れた人物の品性と態度も――まだ直接には見ていませんが――変わることはなさそうでした。近在の者の様子とはまったく別物だと思うのが、きわめて自然でありました。

出現したものの正体は、私の勇気という小さな時計が適時を告げれば、ただちに明らかになるでしょう。それまでは、こうして気を張ったままで、まず十ヤードほどの距離にいたフローラに目を移すことにしました。この子もまた見てしまうのかという恐ろしい疑念から、心臓が鼓動を止めたような一瞬がありまして、私は息を詰めてフローラの反応を待ちました。悲鳴が上がるのか、それとも素朴にめずらしがるか、びっくりするか、そのあたりで何かわかるかもしれません。ところが待っていてどうにもなりませんでした。それから、まず一つのことがあって――私が申し上げることの中で、これこそが不吉なのかもしれません――つまり、いつの間にか、フローラから聞こえるはずの音声がぴたりと途絶えていると思ったので、私も心を決めました。また同時にもう一つ、フローラが遊びの途中で池に背を向けていたということもあります。ようやく私が見たときには、そんな姿勢になっていました。私としては、この子と二人そろって真正面から見られていると思い込んでいました。フローラは小さな木片を拾っていて、その真ん中に穴があいていたものですから、別の木切れをさがして突っ込んだら舟にマストが立ったようになると思いついたようです。私が見ている前で、この第二の木切れをぎゅうぎゅう押し込もうとしていました。こうしてフローラの様子がわかったので、それを気力の支えとして私は数秒後には踏ん切りをつけ、もう目を上げてよいと思いました。そして見るべきものに顔を向けたのです。

# 第7章

こんなことがあって、すぐにでもグロースさんをつかまえようといたしました。見つけるまでの時間をどうやって突破したのやら、うまく説明をつけることができません。ともかくグロースさんに抱きついていった自分の叫び声が、いまも耳に残っています。「知ってるのよ——とんでもないことだわ、あの子たち、知ってるの！」

「そんな、何をです？」信じられないというグロースさんの思いが、私を抱きとめた感触から伝わりました。

「だから全部ですよ——ひょっとしたら私たちの知らないことまで！」それからグロースさんが私を離して、私はそっくり語って聞かせましたので、ようやく自分でも事の次第をたどっていけたのかもしれません。「二時間前に、庭園で——」しどろもどろに言いました。「フローラには見えたんです！」

グロースさんは、どんと腹を突かれたような衝撃として、これを受け止めていました。「お嬢さんが、おっしゃったんですか？」と息を喘がせて言います。

「いえ、一言も――だから恐ろしいんです。こんなことを隠していたんですよ。まだ八歳の子が！」もう呆然とするばかりで、言葉もないとはこのことでした。「で、どうしてわかるんです？」

グロースさんだって開いた口がふさがらなくなっていました。

「私がその場にいて、この目で見たんですもの。あの子には完全にわかってるんだとわかりました」

「つまり、その男がいるとわかっていた？」

「いえ――女です」こんなことを言っている私の顔もまた尋常ではなかったのかもしれません。これがグロースさんの顔にじわじわと反映されていくので、そうなのだろうと思いました。「今度は別人です。でも、やはり紛れもなく邪悪な姿でした。黒い服の女が、青白く、すさまじく――もう人相といい風体といい、それは恐ろしいものが、池の向こうに出たんです。あの子と二人で、ひっそり静まった時間になっていて、そうしたら女が出たんですよ」

「出たって、どうやって――どこから」

「どこからでも出るものは出るんです！　とにかく現れて立ってたんです――さほど近くではないとしても」

「近づいてはこなかった？」

「そう、見ている私の気分としては、すぐ前に立たれたも同然ですね。いまのグロースさんみたいに」

ぎくりと揺らいだように、グロースさんが一歩下がりました。「ご存じではない人だったのですね？」

「ええ。でもフローラの知ってる人。グロースさんだって知ってるはず」ここで私は考えた結果を披露しました。「前任の方ですよね――亡くなったという人」

「ジェセル先生？」

「はい。嘘《うそ》だと思われますか？」私はたたみかけて言いました。

グロースさんは困ったように左右に目をやって、「どうしてわかるんです？」

そう言われると、このときの私は神経を逆撫《さかな》でされたように思いました。「だったらフローラに聞いてくださいな。あの子ならわかってますよ！」と言ってしまいましたが、はたと気づいて、「あ、だめです、それはだめ！ とぼけるに決まってます――嘘をつきます！」

グロースさんは、おおいに慌《あわ》てながらも、とっさに問い返してきました。「でも、先生、どうして？」

「はっきりしてますもの。フローラは私に知られたくないんです」

「じゃあ、きっと先生に心配させたくないのでしょう」

「いいえ、わかりません、まだまだ奥が深いのです！　よく考えれば、それだけ見えてくるものがあって、よく見えるほどに、なおさら怖いものがある。まだ見ていないのは何なのでしょうね。まだ怖さがわからないものは――」

グロースさんは私の話についてこようとして、「また女の姿を見るのかと気にされている？」

「ちがいます。そんなこと、いまさら――。むしろ逆で、見ないことを恐れてるんです」

そう言ってもグロースさんは、ただ青ざめるだけでした。「おっしゃることがわかりません」

「だから、あの子には見えるだろうと言ってるんです。そうに違いないんです。私には知られずに、いつまでも――」

グロースさんは、そんな事態を目に浮かべて卒倒しそうになったものの、すぐに気を取り直しました。ここで負けたら、この先どんなものに勝手を許すことになるのか、それでは大変だと思って必死に踏ん張ったのです。「ああ、先生、ここは落ち着かないといけませんね。何にせよ、お嬢さんが平気で見ているのだとしたら――」グロースさんは笑えない冗談さえ口にしました。「案外お好きなのかも!」

「お好きだなんて――あんな小さな子が、あんなものを!」

「でも、かえって天真爛漫《らんまん》の証拠なんじゃありませんか?」グロースさんもすごいことを言ってのけます。

これには私も釣り込まれそうになりまして、「ええ、大事な点ですね。そこは押さえておかないと! そういう証拠でなかったら、いったい何の証拠になるやら、たまったものではありません。あの女は恐ろしいもいいところなんですから」するとグロースさんは下を向いて、しばらく視線を床に落としていましたが、その目を上げると、「どうしておわかりです?」と言いました。

「じゃあ、そういう女だということは認めるんですね?」私の声が大きくなりました。

「どうしておわかりです?」まったく同じ言葉が返りました。

「わかる? 見ればわかりますよ。あんな目つきをして」

「先生に、ですか? たちの悪い目を?」

「ちがいますって。だったら我慢のしようもあるでしょうけど、私には目もくれず、子供をにらんでたんです」

グロースさんは、その場を思い描こうとしました。「お嬢さまをにらんだ？」

「ええ、こわい目をして」

グロースさんがびっくりしたように私の目を見つめました。まるで私の目があの女の目のようになっていたかと思うほどです。「恨めしそうな目でしたか？」

「それどころじゃありません。ずっと悪質でした」

「恨めしいより、まだ悪い？」グロースさんは考えあぐねたようです。

「悪意に固まってました。どう言ったらいいのか――。強烈な意図がありそうで」

これを聞いてグロースさんは顔色を失いました。「意図？」

「ねらいはフローラでしょうからね」するとグロースさんは、私から目をそらせないまま、ぞくりと身体《からだ》を震わせて、窓辺に歩いていきました。それから窓の外を見て立っていますので、私は最後まで言うべきことを言いました。「それをフローラ自身がわかってるんですよ」

ほどなくグロースさんが振り返りました。「その人は黒い服を着ていたんでしたね？」

「喪服です。たいした品物ではなくて、みすぼらしいと言ってもいいでしょう。でも、そうですね、ものすごく美しい人でした」ここまで来ると、グロースさんにもじわりじわりと話をわからせたのが見てとれました。じっくり考えているのが目に見えるのです。私は力を込めて言いました。「そう、美人ですよね。もう大変なもの――みごとな美人、だけれども不祥事があった」

グロースさんがゆっくりと戻ってきました。「たしかに、ジェセル先生には――ありました」ふたたびグロースさんは両手で私の手をつかまえ、こうして打ち明けることで衝撃の度を深めるかもしれない私を支えようとするかに思えました。そうしておいて「あれは二人そろっての不祥事でした」と言ったのです。

というわけで、あまり長い時間ではありませんが、また私とグロースさんが話し合うことになりました。今度は真正面から見えたこともあるのですから、私としては確実に助けられたと思います。「いままで黙ってらしたことは、たしなみのある態度として、ご立派だと思いますよ。でも、そろそろ事情を残らず聞かせていただきませんとね」これにはグロースさんも同意できるようでしたが、まだ言葉が出てこなかったので、さらに私から言いました。「ずばり伺います。どうしてジェセルさんは死んだのですか？　その二人に何かあったのですね」

「ええ、いろいろと」

「格差はあったけれども――」

「あ、はい、身分違いということですね」グロースさんは悲痛な声を絞りました。「あの先生は、しっかりしたお育ちでしたから」

そう思えば、また私の目に映るようでした。「たしかに——そうだったのでしょうね」

「でも、あの男となると、ひどく格が下がりました」

そういう関係であれば、ただの使用人である男が出過ぎていたことは、私から念を押すまでもなさそうでした。グロースさん自身も、それなら先生だった人が身を落としたことになると見ていたのでして、その通りだと言うしかありません。これで私としても相応の考え方ができます。旦那さんのお気に入りで、見かけがよくて利口に立ち回っていたという男を、私もこの目で見ているのですから——それが証拠にもなって——なおさら考えが進みました。厚かましくて、自信家で、野放図、自堕落。「いやしい犬みたいな男ですね」

グロースさんは、どういう言い方をするべきか微調整したいようでした。「あんな男は見たことがありません。好き勝手な真似をしてました」

「ジェセルさんにも?」

「誰にでも」

すると、グロースさんの目の中にも、ジェセル先生が再現したのではないかと思われました。私が池の岸で見たように、くっきりした映像がグロースさんの目に浮かんだのではないでしょうか。ふと一瞬そんな気がしまして、ずばりと言ってみました。

「ジェセルさんの勝手でもあったのですね」

グロースさんの顔を見れば、そう思ってよさそうだとわかりました。しかしグロースさんはこんなことも言っています。「でも最後には――ひどい目に遭われて」

「では、亡くなった事情をご存じなんですね？」

「いえ、わたくしは何も――。知らずにいたいと思いましたし、知らなくてよかったとも思いました。やっと遠いところへ行かれたのですから、あの先生のためにもよかったんです！」

「とはいえ、そのあたりの見当なら――」

「ここを出て行かれたことの？　それでしたら、まあ、わかります。いくら何でも、ここには残れなかったでしょうね。まさか、先生ともあろう人が――。あれから、わたくしも考えましで、いまだに考えるのですが、ひどいことを思いついてしまいます」

「でも私が思っていることほど、ひどくはないでしょうね」と応じたときの私は、自分でもわかりきっていたように、みじめに打ちひしがれた体たらくを見せていたに違いありません。それでまたグロースさんは私への同情心を催したのでしょう。あらためて親身に接してもらって、私はもう我慢がきかなくなりました。いつぞや私がグロースさんを泣かせたこともありましたが、今度は私がどっと涙にくれてしまって、グロースさんの母親のような胸に抱き取られ、悲嘆に暮れることになりました。「だめなんです」と絶望して泣きました。「あの二人を守れません、楯《たて》になっていません。こんなひどいこと、夢にも思いませんでした。子供たちがだめになるんです！」

# 第8章

私がグロースさんの前で言ったことに嘘はありません。あのように話して聞かせたことは、どれだけ奥が深くて何があるのか知れたものではなく、こちらから探索するほど気丈にはなれませんでした。いまだ心を騒がせながらグロースさんと再度の相談をした際には、二人のどちらにも、せめて妄想に走ることだけはすまいとの思いがありました。何はともあれ冷静でいなければなりません。もちろん、こんな怪事件に巻き込まれて、しかも疑う余地がなくなっているのですから、頭を冷やすのも簡単ではないでしょう。その夜、とうに館が寝静まった刻限に、あらためて教室で話し合ったのですが、このときにはグロースさんもすっかり信用してくれました。つまり私が見たものは錯覚ではなく、まったく見た通りだったということです。そこまで納得させるのに、さほどの手間はかかっていません。もし私が「でっち上げた」のだったら、どうして各人の特徴を言い当てることができたのでしょう。私が人物の特徴を見たまま事細かに述べると、ただちにグロースさんにも思い当たることがあって、それならその人だとわかったのです。こうなっては無理もありませんが、どこかに埋めて忘れたいような話だとグロースさんは思ったようです。ですから私だってどうにか逃げ道をさがしたくなっている心境なのだと言ってしまって、今後の見込みとなることを、しっかりと語ったのです。また同じことが繰り返されるはずなので――これは二人とも前提としていました――おそらく私は徐々に慣れていくでしょう。ああいう現象にさらされること自体は、もはや私の懸念《けねん》としては小さなものにすぎません。そのように私から明言いたしました。いま我慢がならないとしたら、新たに生じた疑念があるからです。そして、この新たなる難問にさえも、夜の相談のおかげで、いくらかの安心がもたらされたのでした。

グロースさんの前で泣いてしまった日にも、私はすぐに生徒と関わる職務に立ち返りました。乱れた心を癒《い》やす良薬と言えば、子供たちの魅力を思い出すことしかないでしょう。あの可愛《かわい》らしさは、いつも私が大事にしたくなっていたもので、また可愛くないと思ったことなどなかったのです。要するに、もう一度フローラとの特別な間柄に飛び込んでいったのでありまして、そうしてみれば――これはもう贅沢《ぜいたく》と言ってよいでしょうが――私の痛むところがわかっているように、ぴたりと小さな手を置いてもらえる気がいたしました。愛くるしい顔がじっくり考えて私を見つめると、ずばり「泣いちゃったの？」という問責があったのです。みっともない涙の痕《あと》は払いのけたはずだったのに、こんな果てしもない善意を見せられて、このときばかりは涙が乾ききっていなかったことを喜びました。フローラの青い目の奥深くまでのぞき込んでおいて、この美しい目は幼い悪知恵による偽装であるなどと言ったら、とんでもない皮肉屋ということになりましょう。もちろん、そんなことになるよりは、いったん下した判断を撤回し、なるべく感情を静めたいものだと思っていました。私が思っただけではどうにもならないかもしれませんが、実際には、深夜の相談中に何度でもグロースさんに言ったように、あの子たちの声が宙に飛ぶ中で、二人の存在を心に受け止め、香《かぐわ》しき顔を頰に寄せられていたら、これはもう何を企《たくら》むこともない、ただ美しいだけの子供なのだと考えたくなりました。ただ一方では、この際はっきり言わざるを得ないこともあって、情けない気持ちになったのです。午後の池の岸辺では、われながら奇跡のような自制心を見せる結果になりましたが、その現場に出ていた怪しげな兆候を逐一思い出していきました。あれは現実にあった時間なのかと再考しつつ、あのときの私に直感が働いたことを何度でもグロースさんに語ったのでした。つまり、あの両者にまさかの共感関係があるように察せられて、しかも双方とも当たり前のように思っているらしいことがわかったのです。私にグロースさんが見えているのと同じように、フローラには来訪した人物が見えていたことになりますが、そう思ってよいのかどうか、その真偽を問うだけの正気さえ私にはなくなっていました。かつまた、そうやって見ていたフローラが、とっさの思いつきとして、じつは見えていないように私に信じ込ませた上で、その私の目には見えているのかどうか、まったく何食わぬ顔で推論をしていたことの真偽をも、私は問えなくなっていたのです。そんな事情を、私は声を揺らして語ることになりました。もう一つ、これまた情けないことでしたが、フローラの不穏な小細工についても言っておかねばなりませんでした。私の注意をそらそうとしたフローラが、それまでよりも目立つ動きを見せて、遊びに熱が入り、唄《うた》を歌って、わけのわからない早口でしゃべって、私をふざけっこに引き入れようとしたのです。

ただ、本当は何でもないことだと確かめたくもあって長々と振り返ったのですが、そのおかげで見逃さずにすんだことが二つや三つはありました。おぼろげながら、まだ安心材料と言えそうなものも出たのです。たとえば私自身は何も気取られていないと思えたのでして――これは大事なことで――そうと断言することもできました。あるいは、必要に迫られたというか、気持ちばかりが焦《あせ》ったというか――どう言うべきかわかりませんが、ともかく私が夢中になっていましたので、グロースさんを締め上げたも同然に、役に立つことを聞き出せたのだとも思います。これまでにもじわじわと言わせて、かなりの分量になっていたのですが、まだ何かしら裏でちらついているものがあり、まるで蝙蝠《こうもり》の羽が目の前をかすめるように逃げていく、というような気がしていました。ですから、もう今夜は思いきって——すっかり寝静まった館に緊迫の度が増していたことも手伝って——カーテンを一気に引き開けることが重要だと感じました。「まさかそんな恐ろしいことはないと思いますが」と私から切り出したのを覚えています。「いえ、いくら何でもあり得ないと言った上で、そのまさかがあるのだとしたら、いま、この場で、グロースさんといえども手加減はせず、まったく遠慮を抜きにして聞かせていただきます。マイルズが帰郷する前に学校から手紙が来て、すっかり悩まされてしまいましたでしょう。あのとき私が念を押したら、いままで悪い子だったためしがないとまでは言えない、ということでしたね？　でも、ここで暮らすようになってからのマイルズを、私はしっかり見ていましたけれど、悪かったためしなんて全然ないと思いますよ。うれしくなるような愛すべき良い子の見本としか言いようがありません。つまり、ためしがないと言えなかったのは、ためしがあったからでしょう？　どういう例外をご覧になったのです。ご自身の目でマイルズを見てきて、どんなことがあったという話なのでしょう」

ひどく厳しい詰問調《きつもん》になりましたが、もとより軽い雑談をしていたのではありません。また何はともあれ、うっすらと夜が明けて、そろそろ話し合いも終わりだと思われるまでには、私はしかるべき答えを言わせていました。グロースさんの胸中にあったことを聞けば、とんでもなく辻褄《つじつま》が合ってしまったのです。つまり、何たることか、数カ月にも及んで、クイントと少年が始終くっついていた時期があるのでした。じつはグロースさんが思いきって意見をしたこともあるらしく、これは適切な行動だったと思いますが、坊っちゃんと親しくなりすぎるのは非常識である、分不相応ではないか、と言っておいて、さらにはジェセル先生にも話を持っていったそうです。ところがジェセルさんが不可解な対応をして、あなたの出る幕ではないと言ったので、もうグロースさんはマイルズ本人にも話をしたのでした。それで何を言ったのかと私が問いただしますと、マイルズ坊っちゃんのようなお方は、せっかくのご身分を大切になさいましと申し上げた、とのことでした。

もちろん私はその先も問いました。「所詮《しょせん》、クイントは下働きにすぎないのだと?」

「はあ、そんなような。で、まず一つ、いけなかったと思うのは、坊っちゃんの返事なんですが」

「ということは、もう一つ?」私はいくらか様子を見ました。「そのままクイントに告げ口した？」

「いえ、それはありません。そんなことはなさらないでしょう」という発言は、なかなか立派なものでした。「それはないと思ってました。でも、坊っちゃんは、あることをないと言った場合もありまして」

「ないと言った場合？」

「まるでクイントが先生になったみたいに――えらそうな顔をして、坊っちゃんを連れ回しましたんでね。あれじゃジェセル先生はお嬢さんだけを見てるようでしたよ。そんな男と出かけて、何時間かいなくなってることもあって」

「でも、ごまかしていた。出かけてないと言った」そう思ってよさそうなことは明白でしたので、私は一呼吸おいて「なるほど、マイルズは嘘をついたんですね」と言いました。

「いえ、あの」グロースさんは口を濁しました。たいしたことではないと言いたそうでもあり、また理屈で補強しようともしています。「ですから、あのときはジェセル先生が放っておかれましたのでね。坊っちゃんを止めようとはなさいませんでした」

私は考えてから言いました。「そういう弁解をマイルズが？」

これでまたグロースさんは消沈です。「あ、いえ、そんなことは全然」

「ジェセル先生の名前を、クイントとの関わりでは出さなかった？」

これで話の行き先が見えたのでしょう。グロースさんが顔を赤らめたのがわかりました。「あの、坊っちゃんにおかしな素振りは見えなくて。ただ何もない、何もない、とだけ」

こうなったら私は追及の手を緩めませんでした！「かえって怪しいと思いませんでしたか？ けしからん二人がどうなのか、おそらく知っているのではないかと」

「わかりません──わたしには、わかりません！」グロースさんは哀れな声を洩《も》らしました。

「わかってるでしょうに。私ほどに度胸が据わってないだけですよ。こわがりで、引っ込み思案で、やわに出来てるから、私が来る以前に相談相手もなく一人で困り果てて、さんざん苦しんだ思い出さえ、いまだに人に言えなくなっている。でも、きょうこそは言ってもらいますよ。あの子には何か隠していることがあったのでしょう。だから二人の関係を知っていて知らないことにしたのではないかとも思われた」

「でも、そんな隠しごとは──」

「あなたには通じなかった？ それはそうでしょうけど」私は必死に考えました。

「どこまでマイルズを仕込んだのやら、それくらいには二人の思惑どおりだったということね！」

「いまはもう、ちっとも悪くなってません」グロースさんは悲痛に弁じました。

私はまだ承知しませんでした。「道理で、おかしな顔をなさったわけです。学校から手紙が来たという話をしたら、そうでしたね」

「先生のお顔だって、たいして変わらなかったような」グロースさんが素朴な反撃に出ました。「そこまで悪い子になっていたとしたら、いまの坊ちゃんがあんな天使でいられるものでしょうか」

「そう、たしかに――もし学校で悪魔だったのなら、いったいどうして！」私も苦しまぎれでした。「これは後回しにしてください。しばらく何日か答えられないでしょうけれど。ともかく、またあとで！」つい私の声が大きくなって、グロースさんが目を丸くしていました。「いまはまだ踏み込みたくない方向があるんです」ここで私は、さっきグロースさんが「まず一つ」と言っていたことに話を振り替えました。「以前、マイルズはともすれば軽はずみなことも言うのです。マイルズを諫《いさ》めたことがあって、所詮クイントは下働きなのだと言い聞かせたのでしたね。それでマイルズがどう答えたのか私なりに考えますと、どうせ自分だってそうじゃないか、とか何とか言ったのではありませんか」グロースさんの様子からして、これも間違いないと思われたので、私は重ねて問いました。「そんなことを言われて黙っていた？」

「先生だったら、いかがです？」

「ま、そうですよね」ひっそり静まった室内で、私とグロースさんが奇妙きわまりない笑い声をかわしました。さらに私は続けて、「何はともあれ、マイルズがその男と一緒だった時間に――」

「フローラお嬢様はジェセル先生と一緒でした。それで四人とも好都合だったんです！」

そう聞けば私にも好都合でした。いえ、都合がよすぎたかもしれません。と言いますのは、このとき私が心に抱きそうになりながら、そんなことを考えてはいけないと自分に言い聞かせていた世にも恐ろしい見方に、ぴたりと符合したからです。しかし、私がどう見たのかということは、あからさまに言うまいとしてきましたので、ここでも最後にグロースさんに何を言ったかと申し上げるだけにして、そこから察せられる以上には、まだ明かさずにおきましょう。「正直なところ、マイルズが嘘をついたり生意気な口答えをしたりしたというのは、あまり好ましい事例としては聞けませんでした。いまだ教化されざる自然の姿が、そういう形で出てきたという話ですね。それでも」と私はじっくり考えて、「まあ、聞いてよかったとは言えるでしょう。そうと知ったおかげで、いままで以上に目を光らせなければいけないと思います」

ただ、こう言ってしまってから、私が赤面することになりました。グロースさんの顔を見ると、子供の憎まれ口を悠然と受け止めていたらしいのです。いまの話を聞いて、ここは許してもよいと思っていた私よりも、度量において優《まさ》るようでした。グロースさんが出て行こうとして、教室のドアにさしかかったときに、その表れとなることが言われました。「もちろん先生は坊っちゃんを責めたりなさいませんでしょう――」

「私には言えないような付き合いがあったことを？　まあ、そうですね、ほかの証拠が出てくるまでは、とりあえず誰も責めることはないと思ってください」グロースさんが下がろうとするのを送り出しながら、私は「いまは待つしかありません」と言って、この夜の話を終えました。

# 第9章

ひたすら待つだけになりましたが、一日また一日と過ぎていって、当初の愕然《がくぜん》とした思いが少しは薄らいでくれました。いつも生徒たちを見ていて、とくに新しい事件がないとしたら、ほんの数日を経ただけで、嘆かわしい想像にも、忌《い》まわしい記憶にさえも、海綿でぬぐって消すような効果があったのです。小さい二人の特別製の可愛らしさに私はすっかり降参していて、その気持ちを大事にしたくなっていたことは、すでに申しました。でも今度ばかりは子供の可愛らしさを元気の素《もと》にするのは無理だったろうと思われるかもしれません。たしかに私は自分で突き止めたことがあって、そんなものは信じたくないと苦しんでいたのですから、おかしな奮闘ぶりであったことは筆舌に尽くせません。それでも案外うまいこと信じずにいられたのでして、さもなくばもっと激しい緊張を強いられていたでしょう。私がおかしな疑念を抱くようになったことは、いくら相手が子供でも、悟られないわけにはいくまいと思われました。そんな疑念があるだけに、なおさら子供を見ていたくなるのですから、気づいてくれと言っているようなものです。それほどに目を離せない存在になっているという自意識を、子供たちが持つのではないか。そう思うと身震いがいたしました。いずれにせよ、私は最悪の事態を考えてばかりいましたが、ああいう純真無垢《むく》に影が差すとしたら――もともと罪がないのに、ただ運命としてそうなるのなら――もっと大胆に対処してやってもよいとしか思われませんでした。ときとして私には、あの子たちをつかまえて胸に抱きしめたいという衝動を抑えがたいことがありました。そうなってしまった場合には、「どう思われるだろう。すっかり見透かされるのではないか」と自問したものです。どれだけ見透かされるのか懊悩《おうのう》する破目になったとしても全然おかしくありませんが、それでも私はなお安んじて時を過ごしていたのですから、あの子たちの魅力に迷わされていたというのが実態です。どうせ計算ずくではないかという暗い影を帯びていても、つくづく可愛いと思わせてしまうほどの力でした。こんな言い方をしますのは、つい私が情に流れて疑いを招くようなことがあれば、子供たちの側にもまた不審なまでに目立って可愛くなることがあったのを覚えているからです。この時期の子供たちは、まるで常識の度を超えたように、私への愛着を見せていました。ただ、よく考えてみれば、これは要するに、丁重な返礼というべきものでしかなかったのでしょう。いつでも大事に扱われ、抱きしめてもらえる子供たちが、きわめて美しく反応していたということです。先生が慕わしいという態度を惜しげもなく見せつけてきますので、これが私には大いなる気休めとなって、きっと隠れた企図があると見ている自分が嘘のようでした。これまでにないような意欲を見せてくれていたと思います。つまり、どんどん勉強が進んでいたのは教師にとって一番の喜びだったのはもちろんですが、あれこれ工夫して、先生を楽しませよう、びっくりさせよう、とする姿勢が見られたのです。私に向けて朗読をしたり、物語を聞かせたり、身振りの言葉遊びを仕掛けたりしました。動物や歴史上の人物の真似《まね》をして出てくるということもありました。何よりも驚いたのは、いつのまにか長い詩文を暗記していて、私の前で延々と諳《そら》んじてみせることでした。そんな活動時間を点検し、私だけの心覚えとして――さらに内心では、すべて要修正と思いながら、ずっと残していた感想は大変な量になりまして、いまから私が語り出そうとしても、とうてい底を突くことはないでしょう。もともと才能のある生徒だとは思っていました。何でも器用にこなせるのでしたが、あらためて出発点を決めてやると数段の飛躍を遂げたのです。課題があれば、おもしろがって喜ぶように取り組みました。記憶力という点でも、恵まれた資質にものを言わせて、無理やり覚えようともしないのに、奇蹟《きせき》のような芸当をしてのけました。また猛虎《もうこ》やローマ人になりきって演じたり、シェークスピアや天文の学者、海を越える探検家になってみせたりもしました。というような稀《まれ》に見る現実が生じていましたので、そこから別の現実につながることにもなったのでしょう。ほかには説明のしようがないと、いまでも思っています。つまりマイルズをどこかへ転校させようと考えてもよさそうなのに、私は不自然なほどに安閑としていたということです。しばらくは問題にしなくてもよいと思っていられました。いつ見てもマイルズが才気煥発《かんぱつ》なので、そんな気分になったのだろうとも思います。こんな賢い子であれば、田舎牧師の娘が出来の悪い先生になっていたとしても、たいして実害はないでしょう。それどころか思考の生地が織り上げられていく中には、きらりと光っては見えずとも、ただならぬ一筋の糸があったのかもしれません。すなわち、もし私がその気になってさがすなら、この小さな知識人には途轍《とてつ》もなく大きな力が作用していると見えたかもしれないのです。

しかし、そんな子供だから、あわてて学校へ行かせなくてもよい、という理屈が成り立つ一方で、そんな子供だからこそ、放校処分にされたのは摩訶《まか》不思議としか言えませんでした。ここで申し上げておきますと、私が子供たちと暮らしていて――ほとんど片時も離れまいとしましたが――たどっていける手がかりはなかったのです。音楽が流れて、親しみ合って、まずは順調、ちょっとした芝居もする、ということで雲の中で暮らしているようでした。二人とも音感のよい子でしたが、とくに兄の才能はすばらしく、耳で聞いたものを自分でも同じように再現していました。教室のピアノがすさまじい幻想を鳴らすこともあり、それが立ち行かなくなれば、ひそひそと談合が行なわれ、どちらか一人が嬉々《きき》として出ていって、気分を一新、すっかり別物になって入場してきました。私にも兄弟がいたのでわかるのですが、小さな妹というものは、兄を偶像として絶対視することがあります。ここで何よりもすごいと思えたのは、あらゆる面で自分よりも劣る小さな妹に、これだけの心遣いができる男の子がいたということです。めずらしいほどに仲の良い兄妹《きょうだい》でした。喧嘩《けんか》をせず、文句も言わず、と評したところで、愛らしい二人組への褒め言葉としては、いかにも野暮なものでしょう。ただ、つい野暮な見方をしたくなることもありました。何やら二人で示し合わせている気配が感じられたように思うのです。どちらかが私の注意を引きつけておいて、もう一人がするりと抜け出したりもいたしましたが、どんな外交術にもどこかしら素直な一面はあるのでしょうし、この子たちが仕掛ける企みであれば、ほとんど素直なだけで、浅ましい面はないも同然と言えました。ところが、しばらく何事もなかったあとで、別の方面に、浅ましい事態が出たのです。

このあたりまで来ると、もうお話しすることをためらうのですが、しかし思いきって飛び込むつもりで続けることにいたします。ブライの館《やかた》のおぞましい出来事を記録するならば、よほど自由な信条をお持ちの方々の反発をも買うばかりか——それ自体はかまわないとしても、それとは別の話として——私が苦しんだ記憶をたどり直し、また最後まで押し通らないといけません。あるとき突如として時間の中に境目ができて、いま思い返せば、それ以降はまったく苦しむことばかりになりました。ですが、いよいよ事件は核心にさしかかっておりまして、ここから出る近道があるとしたら、ただ前に進むことでしかありません。ある晩のこと——およそ前段のようなものはなく、まったく出し抜けに——ふわりと冷気を吹きかけられるような気配を覚えました。私がブライに到着した日と同じです。あの夜だけなら気のせいだと思っていられたのかもしれませんが、あれから心を騒がす日々が続きましたので、そうはいかなくなっていました。まだ私は就寝せずに、蠟燭《ろうそく》を二本立てて本を読んでおりました。ブライの館には一つの部屋を満杯にするほどの古い書物がありまして、その中には前世紀の小説も見られました。田舎育ちの牧師の娘にとっては、けしからんという評判だけが聞こえて、現物は一冊たりとも迷い込んでくることがないままに、人知れず興味を抱いていたものです。このとき手にしていたのはフィールディングの『アミーリア』だったと思います。全然眠くならなかったという覚えもあります。また、すっかり夜も更《ふ》けて、ひどく遅い時刻であることはわかりきっているのに、いまは時計を見たくないという気持ちが働いていたことも思い出します。もう一つだけ申し上げれば、白いカーテンの記憶もあります。あの当時には普通のことで、フローラが寝ている小さなベッドは頭の側にカーテンを掛けていたのですが、とうに私自身が確かめて、完全に寝かしつけたことは承知していました。つまり、早い話が、私は小説の世界にのめり込んでいたというのに、あるページを繰ったところで、もう作家の魔力がばらばらと崩落し、私は本から目を上げ、部屋のドアをじっと見つめていたのです。一瞬、耳をすませる時間ができて、最初の夜のかすかな気配を思い出していました。よくわからないのですが家の中にうごめくものがあるような気がしたのです。開いている窓枠にそよいだ風が、途中まで引いてあったブラインドをわずかに揺らしました。ここで私はじっくりと思案をめぐらし、もし見ている人がいたら、みごとに冷静な行動だと感心されたことでしょうが、ともかく私は本を置いて立ち上がり、蠟燭を持って、ただちに部屋を出ると、蠟燭一本では照らしたとも言えない廊下に立って、そっと音もなくドアを閉めて鍵《かぎ》をかけました。

いまとなっては、どう決心してどこへ行く気になったのか、よくわかりません。とにかく蠟燭をかかげて廊下を進んでいくと、背の高い窓が見える位置にまで来ました。

大きく曲がる階段を見下ろすような窓です。この時点で、立て続けに三つのことに気づきました。ほとんど同時のようなものですが、やはり急速に連続したと言っておきましょう。手にしていた蠟燭が、ゆらりと炎を揺らして消えました。高い大窓にカーテンはなく、じんわりと夜明けの光がにじみますので、もう蠟燭はなくてもよさそうです。と思った次の瞬間、階段に人がいることがわかりました。いま私は経過をたどるように話していますが、私が身体を硬くするのには寸秒も要しませんでした。クイントとの三度目の出会いに身構えたのです。幽霊は踊り場まで上がったところで窓に接近していました。そして私を見ると、その場に立ち止まり、これまでに塔や庭から私を見たのと同じように、じっと目を合わせてきたのでした。もう相互に見知っています。夜明けの冷たい光がほんのりと差して、上はガラスの窓に、下はつややかなオーク材の階段に、おぼろげに映える点ができていました。ここで双方から激しく対峙《たいじ》したのです。今回のクイントは、なんだか生きているように、おぞましくて危ない実在感がありました。でも、そのことが驚異の最たるものだったのではありません。何よりも驚異というべき別の事情がありました。つまり、私からは明らかに恐怖心が去っていて、いささかも相手に後れをとるものではないと思っていたということです。

この異様な瞬間から、おおいに心は苦しくなりましたが、それは恐怖ではありませんでした。こちらが恐れていないことは、あの男にもわかったでしょう。私もまた瞬時にして、自分が大きくなったように、わかる、と思っていました。断じて負けないつもりになって、もし一分間この場で踏みとどまれば――少なくとも当面は――手強《てごわ》い相手でさえなくなると思ったのです。こうなると、その一分間は、まるで生身の卑俗な人間と向き合ったようでした。人間のようだから卑俗でもあるのです。たとえば夜も更けて寝静まった屋敷に、敵意がある、無茶をする、前科がある、というような輩《やから》が来たのならそんなものでしょう。あれだけ間近で長いこと睨《にら》み合っていて、ぴたりと静かなままでした。とんでもなく異常な現象でありながら、不自然だと思われたのは、その一点だけなのです。あの場で、あの時刻ですから、もし人殺しとでも出会っていたら、何かしらの言葉が出ただろうと思います。人間の言葉が交わされたことでしょう。そうでなくても、どちらかに何かの動きがあったでしょう。そんな時間が長くなって、あと少しでも延びていたら、私自身が生きた人間なのかわからなくなったかもしれません。結局どうなったのかというと、あの静寂に――ずっと静かだったのですから、私が強かったことになるのかもしれませんが、あの静寂そのものに――男の姿が消えるのを見たとしか言いようがありません。かつて性悪な下僕として生きていた男が命令を受けて下がったのだったとしても、同様にはっきりと見えたことでしょう。ゆがみきった悪党らしい背中を見せると、そのまま階段を下りていって、次の曲がり角の暗闇《くらやみ》に消えたのです。

# 第10章

しばらく私は階段の上で立ちつくしましたが、いまの男はいなくなった、もういないのだ、とも考えられるようになって、また部屋へ戻りました。灯《とも》したまま残しておいた一本の蠟燭の光でまず私に見えたのは、フローラの小さなベッドが空っぽだというこことでした。つい五分前には耐えられた恐怖感に、今度は息が止まりそうになりました。寝かしつけたはずのところへ、そして白いカーテンが（小ぶりな絹の上掛け、およびシーツが乱れていたのを）ごまかしたいように引かれていたところへ、私は駆け寄りました。すると私の足音に呼応するような物音があったのですから、言いようもなく安堵《あんど》いたしました。窓のブラインドが揺らいだと見えて、その裏側から、首をすくめたフローラが、バラの花が咲くように出てきたのです。立った姿を見ると、ナイトガウンを、というよりは素直さを、すっぽりと身にまとって、素足はピンク色で、巻き毛の髪が黄金色《こがねいろ》に輝いています。ただ、ひどく深刻な顔つきになっていました。この子が私を責めようとすると知ったときには、たったいま優勢勝ちを収めてきたのに（そんなつもりで大いに浮き立っていたあとで）いきなり落ち込むという、おかしなことになりました。「先生、悪い子ね、どこ行ってたの？」と言われて、あなたこそ、どうなってるの、と問うよりも先に、私は被告人が弁明するような立場に追い込まれました。フローラからの説明もありましたが、これは何ともはや可愛らしく、ひたすら一生懸命になって語ろうとします。ベッドに寝ていて、ふと気づいたら先生がいなくなっていたので、どうなったのかと思って飛び起きた、ということのようでした。すでに私は、消えたフローラが出てきた喜びのあまり、椅子《いす》にへたり込んでいました。あとにも先にも、このときばかりは、ふらっと倒れそうになったのです。そこへフローラが軽やかに駆け寄って、私の膝《ひざ》に取りすがってきたのですが、ちょうど蠟燭の光を浴びた小さな美しい顔が、まだ寝覚めの面持ちで炎の色に映えていました。私は一瞬だけ目を閉じてしまったことを覚えています。あの子の青い目から放たれる美しい眩《まぶ》しさに押されて、意識して閉じたのでした。「じゃあ、先生をさがそうと思って、窓の外を見ていたの？　先生が敷地へ出てると思った？」

「えっと、あの、誰かいるみたいだと思って――」フローラは笑いながら、顔色一つ変えずに言ってのけました。

ああ、これで私がどういう目をフローラに向けたことでしょう！　「それで、誰かいたの？」

「いなーい」という答えが返りました。長く延びた否定語は愛くるしいのですが、筋が通らなくてもお構いなしというのは子供らしいところで、誰もいなくてつまらないと言っているようでもありました。

この時点での私は、神経が高ぶっていたこともあり、この子は嘘《うそ》をついていると断定いたしました。もし私がふたたび目を閉じたとすれば、どのように対処するべきか、三つか四つの方策を考えて目が眩《くら》んだからでしょう。そのような一つの尋常ならざる誘惑に駆られた刹那《せつな》がありまして、どうにか堪《こら》えようとするあまりに、少女の身体《からだ》を思いきりつかまえていたに違いないのですが、この子もたいしたもので、声を上げず、こわがるとも見えず、されるままになっていました。だったら、いますぐ、この場で、洗いざらいぶちまけておしまいにしたらどうなのか。光を受けた小さな可愛い顔に向けて、言いたいことを言ってやればよいのではないか。「ほら、わかってるんでしょう、見えてるのよね。先生がそう思ってることだってわかってるわね。だったら、はっきり言ってちょうだいな。どうすればいいか、みんなで考えていけるじゃないの。こんな不思議な運命なんて、どこがどうなってるのかしらね」こんなことを言ってやりたいと思ったのですが、思っただけの言わずじまいでした。もし勢いにまかせて言ってしまっていたとしたら、あとであんなことには——どんなことだったのか、いずれお話しするとして——ならなかったかもしれません。ですが、このときの私は飛び上がるように椅子から立って、フローラのベッドを見て、愚にもつかない半端《はんぱ》な策をとりました。「ベッドのカーテンを引き回したのよね。まだ寝てると思わせたかったのはなぜ?」

フローラは顔を明るくして考え、あの子らしい極上の笑顔を見せました。「先生をおどかすといけないから」

「でも、先生は外に出たと思ったんでしょう?」

ところがフローラは何を言われても困ることはなさそうでした。蝋燭の炎に目を向けた顔には、おかしな質問だという表情が浮いています。あるいは、理科の教科書や九九のかけ算のように、どうせ答えは決まっているということかもしれません。「だって、先生」と模範解答がありました。「そのうち戻ってくるのかな、って。そしたら[illegible]てきた」ほどなくして、またフローラを寝かせてから、私は長いことベッドに腰かけ、ほとんどフローラにのしかかって、この子の手を握りしめることになりました。たしかに戻ってきてよかったと思えることを納得したかったのです。

これ以降、私にとって夜という時間がどんなものになったのか、お察しいただけると思います。いつまでも眠らずに時を忘れることも再々でした。同室させているフローラがぐっすり寝込んでいるのを見定めてから、こっそり抜け出して広い廊下を音もなくうろうろと歩きました。前回にクイントが出たあたりまで行くこともありましたが、もうクイントは来ませんでした。このあたりで申し上げておきますと、以後は邸内のどこであれクイントを見かけなくなったのです。でも、あの階段については、それとは別の一件があったような、なかったような、と申し上げましょう。私が階段の上から見下ろしたら、一度だけ、女が坐《すわ》っていると見えたのです。だいぶ下の段で、私には背を向けて坐り込み、その背中を丸くして、悲しくてたまらないように両手に顔を埋《うず》めていました。しかし、ほんの一瞬のことでして、女は振り向いて見上げることもなく消えました。それでも女の顔がどんなものであったのか、もう私には見なくてもわかっていました。もし私が下にいて女を見上げたのだったとしたら、はたしてクイントに対したように気丈になって階段を上がれたでしょうか。ただ、気丈にならざるを得ない場面は、それから多々ありました。最後にクイントを見てから十一日目の夜には——すでに一日ごとに数えるようになっていたのですが——またかと思えなくもない危機の予感があって、しかし意表を突かれたという点では、それこそが衝撃の度合いとして痛烈なものになりました。さすがに連夜の見張り番に疲れが出て、しばらくぶりに従来の就寝時刻を守っても、だからといって気が緩んだことにはなるまいと考えた、その夜のことです。まもなく寝ついて、あとで思えば一時頃までは眠っていたのでしたが、ふと気がつくと、まるで人の手で揺すられたように、しっかりと目が覚めて起き上がっていました。蠟燭をつけておいたはずなのに、いまはもう消えています。とっさにフローラが消したに違いないと思いました。それで私は立って歩き出し、暗闇の中でフローラのベッドを見ると、すでにもぬけの殻でしたが、窓を見やればわかることもありまして、さらにはマッチを一本擦っただけで、すっかり様子が見えていました。

やはりフローラは一人で起き出していたのです。今度は蠟燭を吹き消しておいて、何やら見ようとしたのか、何かに応じようとしたのか、ふたたびブラインドの内側にもぐり込み、夜の世界に目をこらしていました。この子には見えているのです。前回はそうでもなさそうだと思っていられたのでしたが、これでもうわかりました。私が蠟燭の火をつけ直しても、あわただしく室内履きを突っ掛けて、もう一枚着るものを羽織っても、フローラにはいささかも動じる気色がなかったのです。ブラインドを隠れ蓑《みの》にしたつもりで、外へ開け放った窓の下枠に泰然と寄りかかって夢中なのでしょう。大きな月が静かに照って、フローラの視界を助けていました。これもまた私の決断が早かった理由です。フローラは幽霊と顔を合わせているのでした。池の対岸に出ていたものが、いまフローラには見えていて、さらに今回は何らかの交信ができているらしいのです。そこで私としては、フローラを騒がせないように、そっと廊下へ出て行って、あまり遠くない別の窓辺に立てばよいと思いました。こっそりと部屋のドアまで進んで、廊下へ出て、ドアを閉めてから、しばらくはフローラが動き出す物音でもあるかと思って聞き耳を立てていました。しかし私が目を向けていたのはマイルズの部屋のドアです。せいぜい十歩ほどの距離しかありません。これを見ていたら、どういうことなのか、さきほど誘惑と申しましたような奇妙な衝動が再発いたしました。あの部屋へずかずかと入っていって、その窓から見たらどうでしょう。こちらの動機を知られたら、子供には混乱を来《きた》すでしょうが、この謎《なぞ》を一挙に絡《から》めとる大胆な策と思えばよいのではないでしょうか。

こんな考えにとらわれた私は、廊下を越えていって、また足を止めました。聴覚を異常に研ぎすませています。さて、どんな変事につながるのやら、と思いました。マイルズもこっそり起き出して窓の外を見ている、ということになるのでしょうか。そうやって深々とした無音の一分間がすぎまして、私の衝動が続かなくなりました。どうやら静からしいのですから、マイルズは何も知らないのかもしれず、だとしたら寝た子を起こす危険が大きすぎます。私は踵《きびす》を返しました。いま敷地に何者かがいて、何かしら目を付けたいものがあるのなら、それはフローラに関わることでしょう。マイルズを最大の関心事とするのではありません。ふたたび私は迷ったのですが、その理由は別のことであって、また数秒だけの迷いにすぎません。すぐに心は決まっていました。ブライの館なら空き部屋はいくらでもありましたから、どうとでも手頃な部屋を選べます。はたと思い当たる部屋がありました。あの下の階の——と言っても木々の多い敷地を見下ろす高さはありました。館の脇《わき》を固めるように塔があったという話をいたしましたが、その旧塔の中では低い階です。大きな正方形の間取りで、なかなか立派な寝室という仕上げになっていました。なみはずれた広さですので、かえって実用には不向きであり、いつもグロースさんが家政婦の鑑《かがみ》というべき管理をしていたものの、ずっと何年も使われないままになっていました。私は幾度も来たことがあって、すごい部屋だと感心していたくらいですから、およその勝手はわかっていました。いかにも空き部屋らしく、ひんやりした暗さがあって、一瞬たじろいだのですが、あとは部屋を突っ切っていって、できるだけ静かに鎧戸《よろいど》の閂《かんぬき》を一カ所はずすだけのことでした。こうなれば、もう音もなく鎧戸を開けて、顔を窓ガラスに押しつけます。暗い室内よりも、かえって戸外の闇が薄まっていましたので、ここが監視の位置として好適であることはわかりました。いえ、それだけではありません。ああいう月夜でしたから、異例なまでに見通しがよかったのです。芝生に立つ人影がわかりました。遠目に小さく見える人影が、微動だにせず、魅入られたようにもなって、私が窓にいる塔を見上げているのです。いえ、私を見ているというよりは、どうやら私の上方を見ようとしていました。私の頭上に誰かいると思ってよさそうなのです。誰かが塔の上階にいる——。では芝生にいた人物はというと、私が急いでここへ来て、きっとまた出合うはずと思っていた相手とは、まったくの別人でした。芝生に立っていたのは——その正体を知って胸が苦しくなりましたが——なんと、まだ子供のマイルズだったのです。

# 第11章

ようやくグロースさんと話ができたのは、翌日の午後、だいぶ遅くなってからのことでした。私は二人の生徒から目を離さず厳重に見張っていますので、なかなかグロースさんとだけ会うことができなくて、また私もグロースさんも無用の刺激を避けることが大事だと思っていましたので――つまり、ひそかに横行する怪事件に頭を悩ませているということを、子供たちのみならず屋敷内の使用人にも気取られまいとしていましたので、なおさら話し合いの時間が見つからなかったのです。ただグロースさんが平然としていますので、その点では安心感がありました。何事もなさそうな顔をして、まさか私から恐ろしい秘事を打ち明けられているとは見えませんでしたでしょう。私が言うことを信用してくれているのは確かでした。そうでなかったら私がどうなっていたかわかりません。あれだけの顛末《てんまつ》を、私一人で持ちこたえられたとは思えないのです。しかし、おめでたいと言いましょうか、およそ想像力には欠けていて、能天気の金字塔のような人でもありました。あの兄妹《きょうだい》を見ていて、美しい、好ましい、恵まれている、才気がある、としか思えないのであれば、私を苦しめる根源となっているものと直接に触れることはないでしょう。もし子供たちがわずかでも目に見えて疲弊衰弱したのなら、その原因をたどろうとしてグロースさんもまた同じように窶《やつ》れていったことでしょう。では実際にどうだったかというと、グロースさんが太い色白の腕を組んで、いつもながらの穏やかな風貌《ふうぼう》をしているのを見れば、子供なんてものは身体さえ無事ならどうにかなると楽観するような感触がありました。あれこれと思いつく心の働きはないのです。いわば炉辺に映える炎しか見えない人でした。とくに何事もなく時間がたつうちに、あの子たちなら放っておいても平気だという見方を固めたらしく、むしろ気がかりなのは生徒よりも先生だと思っているように見受けられました。それだけ私にとっては事が簡単になります。つまり私だったらおかしな表情を見せることは一切ないと言えるのですが、もしグロースさんの顔に出ることまで心配するとしたら、よけいな苦労を背負い込んだろうと思うのです。

いま申しましたような頃合いに、私はグロースさんに頼み込んで、テラスに来てもらいました。すでに季節は移ろい、午後の日射《ひざ》しも心地よいものになっています。私たちはテラスに腰を下ろしました。やや距離を置いて、しかし呼べば聞こえる範囲内で、あの二人がすっかり良い子になって行ったり来たりしていました。テラスの下に広がる芝生を、ゆっくりと足並みをそろえて歩きながら、お話の本を音読する兄が、妹に腕を回して離れていかせまいとしています。グロースさんはどっしり構えて見ていましたが、ほどなく、ぎいっと小さく軋《きし》んだように思考が回ったらしく、織り上がっている模様を裏からも見せてもらわねばならないと思ったようです。これまでに私はグロースさんを相手に、おぞましいことの数々をぶちまけてきました。でも、ひどい話の受け皿になるグロースさんには、自分などより教養のある先生が言うことだから、という意識があったのでしょう。私が明かしていく秘事に心を寄せて聞いてくれました。もし私が魔女のスープを調合しよう、やればできる、と言ったとしても、きれいな大鍋《おおなべ》をすんなりと差し出したのではないかと思います。私が前夜の出来事を語りつつ、マイルズが何と言ったかという件《くだり》にさしかかるまでには、そういう態度になりきっていました。とんでもない時刻に外にいたマイルズを窓から見て、連れ戻そうと下りていったときの話です。ちょうどいま見えているあたりに出ていたのですが、私は屋敷の者を起こしてはいけないと思って、窓辺から呼びかけるようなことはせず、私も静かに出て行ったのでした。それで邸内に連れ帰ったのですけれども、ついに私がはっきりと問いただした際のマイルズの返答たるや、じつに才気の輝きを見せたものでして、そのことをグロースさんの胸にも響かせられるかどうか、私なりに伝えようとしたことだけは、わかってもらえただろうと思います。あのとき私が月明かりのテラスに降りますと、マイルズがまっすぐ近づいてきましたので、私は黙って子供の手をとり、暗がりを抜けて歩きました。この子を付け狙《ねら》ってクイントが出たことのある階段を上がり、さっき震えながら立ち聞きで耳をすませた廊下を進んで、誰もいなくなっていた部屋へ戻ったのです。

その途中で、まったく一言もかわすことがないままに、私は心の中では——つくづく思ったのですが——いまマイルズは子供なりの計算をめぐらし、もっともらしくて、さほど突飛にはならないような言い訳をさがしているのではないかと疑っていました。でも、さすがの英才も頓智《とんち》の働きが鈍るようですので、この子を困らせているとするなら、今度ばかりはしてやったりという、おかしな気分にもなりました。はかりがたいものを捕まえる仕掛けができたと言えましょう。もう子供だからといって知らぬ存ぜぬでは通りません。どうやって言い逃れをするつもりでしょうか。そんな疑問が私の胸中に響いていたのですが、これは自分に跳ね返る話にもなるのでして、だったら私はどうするのかという問いもまた胸の内に響かざるを得ません。こわい先生として叱《しか》りつけるのなら、かつてない危険と向き合うことにもなります。いまも忘れられませんが、マイルズの寝室へ入っていくと——ベッドには寝た形跡すらなく、またカーテンの開いた窓が月の光を浴びるのでマッチを擦る必要もなく――ここまで来た私は、してやられたのは私ではないのか、いわば私がマイルズに押さえ込まれているので、マイルズもそのつもりなのだろうと思って、がっくりとベッドの端に坐り込んでしまいました。私が教師たる者のあるべき姿にとどまろうとするかぎりは、あれだけ賢いマイルズのことですから、どうとでも切り抜けていけるでしょう。子供を守らねばならない教師が、妖異《ようい》、怪異を説いて脅したのでは言語道断です。だから進退に窮したのは私なのでして、ずっと完璧《かんぺき》だった生徒との関係に、先生のほうから禍々《まがまが》しい要因を持ち込むとあっては、わずかにちらつかせただけでも、すでに背信の誹《そし》りを免れず、もはや無事に済むとは思えません。あ、いえ、これはグロースさんには言っても仕方のないことでしたし、いま申し上げようとしても無駄かもしれませんが、私がマイルズと夜の小競《こぜ》り合いを演じた短い時間にも、たいした子供であることには感動したと言ってよいのです。もちろん私は穏やかな指導に徹しました。しっかりとベッドに坐り直し、マイルズの肩に手を置いて叱責《しっせき》したのですけれど、このときほどに優しい手つきになったことはありません。一応、形の上では、問いただすしかありませんでした。

「じゃあ、言ってもらうわよ。ほんとのことを全部――。どうして外へ出たの？　外で何をしてたの？」

いまも私の目に見えるようです。すばらしい笑顔が仄暗《ほのぐら》い闇に浮かんで、きれいな目の中の白い色、小粒な歯並びの光が引き立っていました。「どうしてか言ったら、わかってもらえる？」これを聞いて、私は心臓が飛び出すかと思いました。正直に話すつもりなのでしょうか。なら、おっしゃい、という言葉を発することもできなくて、私はどっちつかずの小難しい顔を、何度もうなずかせるだけになっていました。マイルズはまったく柔順でして、私が首をゆさゆさ動かしている間にも、いつもに輪を掛けて妖精の王子様という風情《ふぜい》の立ち姿でした。こうまで明るくなっていられると、私も張り詰めてばかりはいられません。この子から話を聞けるとして、はたして大変なことがわかるのでしょうか。「あのう」ついにマイルズの答えがありました。「だから、こうなったらいいなと思って、その通りに」

「こうなったら？」

「たまには悪い子だと思われようかなって」こんなことを言ったマイルズの愛らしい茶目っ気を、私が忘れることはないでしょう。それだけではありません。ぐっと前にせり出して、私にキスをしたのです。もうお手上げでした。これに応じて、しばらく抱きしめてやりながら、私は泣くまいとして必死に頑張っていました。こんなに壺《つぼ》を押さえた弁明をされたのでは、とうてい裏読みをする気にはなれません。やがて室内に目を上げた私が、どうにか口をきけたときには、いまの話に納得したと言ってやっているようなものでした。

「それで、着替えもせずに、昼間と同じ格好で？」

暗がりにマイルズが光っているようでした。「そう、そのまんま。ずっと本を読んで起きてた」

「外へ出て行ったのは、いつ？」

「真夜中。悪い子になるんなら徹底しなくちゃ」

「なるほど、すてきだわね。でも、私が気づくかどうか、わからないんじゃないの？」

「あ、フローラと相談したから」これは打てば響くというような即答でした。「フローラが起きて窓の外を見ることになってた」

「そういう手筈《てはず》どおりだったのね」つまり罠《わな》を仕掛けられたのは私だったのです。

「わざと先生が起きるようにして、フローラが何を見ているのか見ようとさせて――だから、見たでしょ」

「見たわよ――」私も調子を合わせました。「あなたが夜気に冷えきって死にそうだった」

マイルズは花が咲いたような得意顔で、余裕たっぷりの受け答えをしてのけました。

「こうでもしないと、うまく悪い子になれないよね」もう一度ぎゅっと抱きしめてから、この夜の事件と面談は終わりになったのですが、結局、どこまでも良い子でいられるのがマイルズなのだと思わされました。いたずらを仕掛けたとしても、良い子なればこその悪ふざけだったのです。

# 第12章

あれだけの印象を残した夜が明けて、まだ午前中にはグロースさんに言いそびれていたのだと申し上げましたが、ようやく伝えられたときには、マイルズが別れ際《ぎわ》に言ったことも追加して話を補強いたしました。「言ってしまえば簡単なんです。それで決まりですよ。あの子ったら『だって僕はどうにでもなるから』なんて言ってのけました。どれだけ良く出来た子なのか見せたいんです。どこまでどうなれるものなのか、ちゃんと心得てるんです。学校でもそういう態度を見せたんでしょう」

「あら、先生、変われば変わるんですね！」グロースさんが声を上げました。

「変わってませんよ。はっきり言ってるだけ。あの四人はいつでも何度でも会ってるんです。このところ何日かの夜に、どっちの子供とでも一緒にいたら、おわかりになったと思いますよ。ずっと見張ってきた私としては、あれだけ申し合わせたように黙っていることこそ、いい証拠ではないかと思えてきました。よく知っていたはずの二人のどちらについても、それらしい話が出ないんです。まるで口を滑らすこともなく、たとえばマイルズが放校処分のことを何も言わないのと同じで、ぴたりと押し黙っていますからね。こうして坐って見ていると、あの子たちは精一杯の演技をしていますでしょう。いま読んでいる本の世界に入り込んでるところを見せてますが、じつは死んでから舞い戻った亡霊を見て夢中なんです。いまは兄が妹に読み聞かせをしているんじゃありません」と私は断言しました。「あの二人はあの二人のことを話してるんです。とんでもない会話です！　こんなことを言うと私がおかしくなったと思うでしょう。おかしくならないのですから不思議ですよね。あんなものを見てしまったというのに、もしグロースさんだったらともかく、私の場合にはかえって頭が冴《さ》えてきて、いろいろとわかってくることも出たんです」

その冴えた頭でひどいことを考えていると思われたでしょうが、そうやって疑われている可愛《かわい》らしい子供たちは、ほほえましい二人組になって行ったり来たりしながら、それを見ているグロースさんにとっては心の支えになっていたのです。私がどれだけ熱くなって語ろうと、グロースさんはまったく動じず、どっしり構えて子供たちを見守っていました。「いろいろ、というのは、どんなことなんです？」

「それはもう、私を喜ばせて、うっとりさせたこと。でも心の奥底では――いまは奇妙によくわかるんですが――あやしいとも困ったとも思えていた、そんなようなことです。この世の現実を越えたように美しくて、もう絶対にあり得ないほどの良い子たち。それが駆け引きだったんですね」私はたたみかけるように「それが作戦、そういう詐欺《さぎ》！」とも言いました。

「あんな子供たちが――？」

「まだ幼い可愛い子が？ そう、そんな馬鹿《ばか》なと思うでしょうけど」こうして口に出してみると、そこから糸をたぐっていけるようで、すっかり事件を絵解きできるのではないかとも思いました。「つまり良い子だったとは言いがたいのですね。いえ、どういう子でもなかった――。いままで手間がかからなかったのは、こちらとは無関係に生きていたからです。私の、私たちの、子供ではなかった――。あの男の、あの女の、子供なんです」

「クイントと、あの人？」

「そういうことです。そっちへ行きたがってますね」

こんなことを聞かされて、グロースさんはしげしげと子供たちを見ていました。

「また、どうして」

「ひどかった時期にさんざん悪いことを吹き込まれたからですよ。もっともっと悪くしてやって悪魔の所行を重ねよう、というので亡霊が戻ってくるんです」

「何てこと！」グロースさんが息を殺すように言いました。ありきたりな驚きの言葉でしたが、ともかくも、いま私が念を押して確かめようとすることをグロースさんが否定しないのは明らかでした。ひどいことになっていた時期に――つまり、いまよりもなお悪かった時期に――どんな事態が生じていたのかという話です。あの不埒《ふらち》な二人組がどこまで悪の深みに落ちていたと考えるにせよ、実際に見聞していたグロースさんに認めてもらえば、これほど確証になることはないでしょう。わずかに間を置いて、グロースさんは記憶の中から差し出すように「たしかに悪者でした！」と洩《も》らしましたが、「でも、いまとなっては何ができましょう」とも言いました。

「できましょう？」私がつい大きな声を響かせたもので、あれだけの距離があって歩いていたマイルズとフローラが、ふと一瞬だけ足を止め、こちらを見ました。それで私は声を落として「できてますでしょうに」と押さえつけるように言いました。子供たちはというと、にっこり笑って、うなずいて、投げキスの真似《まね》をしてから、さっきまでの良い子に戻りました。これには見とれてしまいましたが、ややあって私は答えを言いました。「あの子たちが破滅させられるかもしれないんですよ」するとグロースさんが私に顔を向けましたが、無言で問いかけているだけなので、それなら言って聞かせようという気にもなりました。「まだ手探りのようですが、でも本気で来てるみたいですね。いまのところは、いくらか遠くに――というのは、おかしな場所、高い場所、そんなところに出没するだけです。塔の上、屋根の上、窓の外、池の向こう――。ただ、当事者の双方に、中間の面倒な距離を縮めようとする魂胆がありますね。このままでは魔手が伸びるのも時間の問題です。あやしい姿をちらつかせていればよいのですから」

「それで子供たちが寄っていく？」

「寄っていって破滅する！」グロースさんがむっくりと立ち上がるので、私は慎重を期して「もちろん私たちが止めに入れば話は別です」と言い添えておきました。私は坐ったままでしたが、グロースさんは立った姿勢で考えをめぐらしているようでした。「――止めに入るべきは、お子たちの伯父上じゃありませんか。うまく遠ざけてあげていただかないと」

「では、誰がそのように仕向けます？」

グロースさんは前方に目を投げていましたが、ぽとりと落とすように私に向けた顔は、あまり賢そうではありませんでした。「それは、あの、先生が――」

「手紙でも書いて知らせます？　この屋敷に害毒が流れて、甥御《おいご》さん姪御《めいご》さんの精神が普通ではありませんと言いましょうか？」

「でも、先生、ほんとうにそうだとしたら？」

「ついでに私まで普通でないとしたら、ですか？　ご面倒をおかけしないのが任務という家庭教師から届く知らせとしては、なかなか愉快でしょうね」

グロースさんは、また子供たちを目で追いながら、じっくり考えていました。「はあ、たしかに面倒を嫌うお方ですからね。だからこそ――」

「ずっと悪人どもにごまかされていた？　そうかもしれません。大変な無関心だったとも言えましょうけれど。ともあれ私は悪人ではないので、ごまかすようなことはしません」

グロースさんは、わずかに時間をおいて、それで答えが決まったように、また腰を下ろして私の腕をとりました。「じゃあ、ともかく来ていただけばいいですよ」

私は目を丸くしました。「ここへ？」この人は何のつもりだろうと急に不安に駆られました。「来てもらう？」

「やはりご自身に、この場で、どうにかしていただかないと――」

私はあわてて立ちました。かってない珍妙な顔を見られたことでしょう。「お出ましを願いますなんて言えると思いますか？」私の顔に向けたグロースさんの目を見れば、無理だとわかっているようでした。グロースさんだって女の気持ちは読めるのですから、私の心にあるものは見えたはずです。つまり、一人で事に当たるはずの覚悟が挫《くじ》けたとか、こんな女にも見どころがあると知らせたいがための仕掛けだったとか、そのように思われたら困るのです。さぞかし軽侮、嘲笑《ちようしよう》を受けることになるでしょう。あの方のお役に立てることになって、取り決めた条件を守ってきたことで、どれだけ私が自分を誇らしく思ってきたか、そこまでグロースさんには——いえ、誰にだって——わかっていませんでした。ですが、このとき私が発した警告が軽いものでないことは、グロースさんにも察せられたと思います。「もし前後の見境もなくご注進に及んだりしたら——」

この脅しがグロースさんには効いたようです。「あ、はい？」

「ただちに私は去ります。旦那《だんな》さんにも、あなたにも、二度とお会いしません」

# 第13章

あの二人と一緒にいるだけならどうということもないのですが、やはり話をしないわけにはいきません。それで疲れ果てることになりました。どうしても身近に接する立場ですので、越すに越されぬ山坂のような苦労が続きます。そんな状態が一カ月ほどに及んで、これまでとは違った不吉な進行があり、おかしな様子が目につくようにもなりました。とりわけ生徒たちが何やら勘繰っているらしいことが、ひしひしと感じられてきたのです。これは私の妄想ではなかったのだと、あの当時はもちろん、いまでも自信を持って言えます。子供たちが私の苦境に感づいていることは、ちょっと考えるだけでわかりました。おかしな関係になったものです。かなり長い間、ぎくしゃくした雰囲気の中で暮らしました。と言って私に皮肉めいた態度はとられず、くだらない行動も見られません。そういう心配のある子たちではありませんでした。ただ一方で、私との間では、はっきり言わない、あえて放っておく、という当たらず障《さわ》らずの部分が大きくなって、これはもう双方からその気にならなければ、あれほどうまくいかなかったでしょう。いわば、ある物事を前にして、はたと足を止めるということが何度もあったのです。この先は袋小路だと思って引き返すとでも言いましょうか、あるいは、うっかり開けたドアをあわてて閉めて——そういうときは思いがけず大きな音がするので——あっと顔を見合わせるようなものでした。すべての道はローマに通じるなどと言いますが、すべての勉強、すべての話題が、どれも禁断の領域へ行きかねないと思われそうになったのです。たとえば死者は戻ってくるのかどうかという一般論も、あるいは幼くして友をなくした子供にはどんな記憶が残るのかという各論も、同じように忌避しなければなりません。あの二人のどちらかが、そっと小さく、見ていてもわからない程度に、もう一人を肘《ひじ》で突ついて、「今度こそ、先生はその気かも——でも、しないよね」と内緒話をしているはずと思《おぼ》しき日もありました。これが何のことかと言いますと、こういう躾《しつ》け甲斐《がい》のある子供たちに育てた前任の先生について、それとわかることを私が言うのではないかという話です。よく私自身の過去についても、飽きもせず楽しそうに聞きたがっていましたので、さんざん語ってやることになりました。ですから、私が自分で知っているようなことは、ほとんど知られていたと思います。私および私の実家にまつわる出来事を、つまらない詳細にいたるまで物語っていたのです。私の兄や姉、また飼っていた犬や猫のことも、風変わりだった父の奇行奇癖、牧師館の家具調度、村の老女の世間話も、あの二人には聞かせていました。話の種に困ることはありません。あれを言ったら、ついでにこれも、と快調に進めていって、まずいことだけは言わない本能があればよいのです。また子供たちもなかなか心得たもので、まるで糸を引いて操るように、うまく私が話をしたり記憶をさぐったりするように仕向けるのでした。あとで当時のことを振り返りますと、まるで身上を内偵されていたようにさえ思われました。私の生活、私の過去、私の友人、そういう方面の話であれば、ともかくも無難だったのでしょう。どれだけ唐突であろうと、そっちへ水を向けるようなことが言われたのです。というわけで、さしたる脈絡もないままに、村では有名だった「ガチョウおばさん」の金言をあらためて語ったり、また牧師館の小馬がどれだけ賢かったかという実例を再確認したりすることになりました。

そんなような場面にあって、あるいは別の場面もありましたが、ともかく私を取り巻く事情が変わり、すでに苦境と申し上げていたものが、いよいよ切迫してまいりました。おかしな遭遇のない日々になっていたのですから、ささくれた神経が静まったとしてもよさそうなものです。あの階段の上から見下ろした二度目の夜に、ちらりと女の姿を目にして以来、見ずにすむなら見たくないものが出ることはありませんでした。うっかり曲がった先にクイントがいてもおかしくないような、またジェセルさんの出現が似つかわしいような妖《あや》しげな箇所が、この館《やかた》の内外に少なくはなかったのです。夏が深まり、去っていき、もう秋がブライの館に落ちかかって、窓の光も半減したようでした。空の色は鈍くなり、花が枯れてさびれた庭園には落ち葉が散って、いわば芝居が跳ねたあとの劇場に宣伝ビラが打ち捨てられた情景にも似ています。この場の空気、音の状態、無音の状態、また得体の知れない緊迫感など、私がクイントを見たときの雰囲気がそっくりそのままにあるようで、私が戸外にいて初めてクイントの姿を見た六月の夕刻、そして窓越しに見てから庭の木立を捜しても見つからなかった場面が、ただの気のせいとしては片付けられないほどに、ありありと思い出されるのでした。よく不気味な兆候が見えることがあって、いまだ、ここだ、とも思えたのですが、しかし出るものはなかったので、私は無事なままでいられました。もちろん、きわめて異常な形で感性を揺さぶられ、これが衰えるのではなく深まってしまった若い女が「無事なまま」と言えるかとなると話は別です。私がフローラと池のほとりにいて、何と恐ろしい子だと思ったかという話をグロースさんに伝えた際に――それでグロースさんを戸惑わせることになりましたが――もし見えていたものが見えなくなるとしたら、そのほうが苦しいのではないかと申しました。これは心の中にくっきりと定まっていたことです。つまり、ほんとうに子供たちに見えているのかどうか——いまはまだ、どちらとも証明しきれないのですから、それは措《お》くとしても、まず私が精一杯に身を挺《てい》して楯《たて》になることが望ましいと言ったのです。それで自分がどうなろうと構わないという覚悟はしていました。ただ、ちらりと思い浮かべたのは、私の目がふさがれていながら、子供たちの目は大きく開かれているという、おぞましき事態です。たしかに、このところ私の目には何も見えなくなっていたのでして、そのまま最終の結果になってくれるなら、神に感謝しなければ罰当たりでしょう。ところが、そうはいかない事情がありました。子供たちに秘密があるということは、私にも明らかに見えていたのです。

私が一つの観念だけに固まっていったおかしな過程を、いまからたどり直してお話しできるものでしょうか？　私が子供たちと一緒にいて、つまり、まったく私の眼前で、しかし私の知覚だけが封じられていて、あの二人には心待ちにしている来客があった——。そう断言したくなったことが何度もありました。うっかりしたことを言ったら傷が深手になってしまうと思えばこそ踏みとどまっていながらも、それ見たことか、と叫びそうになっていたのです。「ほら、やっぱり来てるんじゃないの。ほんとに悪い子なんだから——。もう知らないとは言わせませんよ！」ところが、悪い子供はことさら愛敬《あいきょう》のあるところを見せて、知らぬ存ぜぬで通そうとするらしいのです。いくら深くても水晶のように見透かせる奥底で——川魚が一匹はねて光ったように——私を出し抜いたつもりの態度がちらついていました。たしかに、あの夜の衝撃は、私が自分で思った以上に、深々と心に刺さっていたと言わざるを得ません。クイントなりジェセル先生なりが星空の下にいるのだろうと思って窓から見たら、なんと部屋で寝かせていたはずのマイルズがいて、この子が即座に可愛らしい目で見上げてきたのでしたが、それまでは私の真上から——というのは塔の屋上の防御壁から、おぞましきクイントの亡霊が戯《たわむ》れに見下ろしていたのでしょう、そのマイルズの目が私に向いたということです。何が恐ろしかったかと言って、あの夜に私が知ったことほどに恐ろしかったものはありません。そして、そのような精神状態に陥った私が、現実のあれこれを考えて結論めいたものを得ようとしたのですが、どうかすると思いついたこと自体に悩まされてしまって、そんなときの私は自室に閉じこもり、あえて声にも出して——これが不思議な気休めになると同時に、あらためて絶望に駆られることにもなりましたが——どうやって真相に迫ろうかと予行演習をしたものです。ああだこうだとのたうち回るように準備しておいたのですが、いざ名前を口に出すという段になると、そんな非道なことはできないと思って頓挫《とんざ》していましたので、言うに言われぬ名前が口の先で消えていきました。もし言ったとしたら、世にも稀《まれ》なる細やかな情緒が出ていた教室の空気をかき乱し、名前をきっかけに邪悪なものを浮かび上がらせるだけだろうと思ったのです。「わきまえて黙っている生徒の前で、教師たる者が口に出すのは下品である！」と思ったら、つい顔が真っ赤になるような気がして、その顔を両手で覆《おお》っていました。こういう内緒の経過があると、むやみに私の言葉数が多くなって、おしゃべりを続けているうちに、かえって沈黙に見舞われることにもなりました。ものすごい無音の感触、とでも言うしかないでしょう。ふわっと静かな空間に釣り込まれて（うまく言えているかどうかわかりませんが）およそ生命が停止したように思えました。その時点で私たちが何をして、どんな物音を立てていたかということには関係なく、いかに感興が深まっていても、暗唱の速度が上がっていても、ピアノの音量が増していても、私の耳には静寂が聞こえていました。こうなると私たちのほかに埒外《らちがい》の者がいるということです。フランス語には「天使が通れば、あたりは静まる」という言い方がありますが、もちろん天使ではない連中が来ていたのでして、その間、私は不安にうち震えていました。これまで以上に堕落を誘いかけたり、はっきりした姿を見せつけようとしたり、もう私などには目もくれず、子供たちに悪さを仕掛けているのではないかと恐れたのです。

私が気がかりでならなかったのは、いままでの私が何を見たにせよ、それ以上のものをマイルズとフローラは見ているということです。そんな情けない考えが心を離れませんでした。まったく思いもよらない、また過去のけがらわしい交流に由来する悪いものが、子供の目に映っていたのでしょう。そうであれば、ぞくりとする気配が兆《きざ》すのも致し方ないところですが、あえて私たちは知らん顔で騒ぎ立てていました。これを繰り返すうちに、三人が三人とも毎度同じような行動をとって、その場を一段落させることが、すっかり身についてしまいました。いやはや、たいした子供たちだったと申しましょう。むしゃぶりつくような勢いで私にキスをすると、二人のどちらかが必ず発する質問がありました。よく危ない場面を切り抜けるのに役立っていた、とっておきの質問です。「いつになったら来てくださるんでしょうね。お手紙くらい来てもよさそうなのに」こんなに都合のよい質問はない、ということを経験として心得ていたのです。これさえ言えば、とりあえず間の悪さが帳消しになりました。「来てくださる」というのは、もちろんハーリー街にお住まいの、子供たちには伯父にあたる方のことです。いつだって田舎の屋敷へ遊びにいらしてもよさそうなものだという理屈に、私たちはどっぷり浸《つ》かって暮らしていました。そんな理屈には誰よりもご本人が承知されませんでしょう。でも私たちにしてみれば、そうやって依拠するものがなかったとしたら、すばらしい勉強の成果をかなり減らしていたに違いないのです。子供たちに手紙が来るということもありませんでした。そんなのは男の身勝手だと思われるかもしれませんが、私を信頼してくださっていたからだとも言えます。女の働きを高く買っていればこそ、男の人が思う存分、こうと決めた流儀を華々しく押し通していられるのでしょう。私は子供たちに、お手紙を書くのはいいけれど、きれいな文章の練習をするだけですよ、と言い含めました。あの方の心を煩《わずら》わさないと約束した精神を守ってのことです。それにまた書かれたものが美しくて、投函《とうかん》するよりは私が保存したくなりました。いまでも手元にあります。とはいえ、出さない手紙を書かせたものですから、やっぱりご自身がお出《い》でになるのですかという質問攻めにあうことにもなりました。そう言われたら私がおおいに困るのだと子供たちは見抜いていたのかもしれません。そしてまた、いまから振り返って考えますと、あんな事態になっていた中で、私がぴりぴり張りつめて、あの子たちがしてやったりの顔になっていたというのに、私が子供相手に全然腹を立てなかったということが何ともはや不思議だったように思います。それくらいに可愛らしくて、ちっとも憎めなくなっていた、というところなのでしょう。しかし、つい腹立ちまぎれに自分を見失うということが絶対になかったのかどうか。もし救いが来るのが遅れていたら、どうなったかわかりません。でも、それが来たのでしたから、いまさら考えるまでもありません。ただ、救いがあったとは言いながら、たとえば引っ張られていたものが弾《はじ》けるとか、重苦しかった空模様が雷雨に変わるとか、そんなようなものです。変化があったには違いないとして、思わぬ急転となりました。

# 第14章

ある日曜日の朝のこと、教会へ行こうとする道で、私はマイルズとならんで歩き、すぐ前をグロースさんとフローラが歩いていました。さっぱりと晴れた日になったのは、しばらくぶりのことです。夜のうちに霜がうっすらと降りていました。秋の空気が澄みきっていますので、教会の鐘も楽しげに聞こえます。どういう風の吹き回しか、こんなときに思いついたのですけれど、この子たちが従順なのはありがたいと、つくづく感じました。私が片時も離れず付ききりになっているのに、よく反発されなかったものです。なんだかマイルズを私のショールにピンで留めているような気がしてきました。ほかの二人に前を行かせたのは、反乱を未然に防ごうとする隊形のように見えたかもしれません。看守が警戒の目を光らせるようでもあったでしょう。しかし、それもまた――つまり子供たちがみごとに無抵抗だったというのも――あの底知れぬ怪奇の構図に組み込まれてのことでした。この日のマイルズは、なかなか立派な装い《よそお》をしていました。伯父宅の用を勧める仕立屋が、しゃれたチョッキとはいかなるものかを心得て、また小さいながら風采《ふうさい》のよいマイルズを念頭に、おおいに腕をふるった結果です。この家の男子たる立場からすれば、マイルズはもっと自由に振る舞うこともできたはずで、そういう雰囲気が身についていましたから、いつ独立運動に打って出たとしても私からは何とも言えなかったでしょう。さて、おかしな偶然はあるもので、マイルズへの対処をどうすべきかと考えていたところに、急転回というべきものが生じたのです。と申しますのは、いまにして思うと、ここでマイルズが発した言葉をきっかけとして、私の恐ろしいドラマの最終章が幕を開け、破局へと突き進むことになったからです。「ねえ、先生」と、かわいらしい発言がありました。「いつになったら僕はまた学校へ行くんでしょうね」

こうして文字にしてみると、どこがいけないのかと思われるでしょう。なにしろ、あの声なのです。甘い高音がさりげなく響いて、誰を相手に話しても、いつも一緒にいる先生にはなおさら、バラの花を振りまくような音調が投げられるのでした。いつ聞いても「はっとする」ようなものがあります。このときの声がまさにそうだったのでして、はっとした私は、大きな敷地を抜ける道に樹木が倒れかかったも同然に、ぴたりと足が止まりました。この現場で、私とマイルズとの間には、いままでになかったものが出たのです。そうと気づいたことをマイルズも承知していました。しかも、私に気づかせたからといって、ふだんの素直で可愛いマイルズとちっとも変わらないように見えていました。とっさに私が返事に詰まったので、いまは自分が優勢だと思ったらしいこともわかりました。私の反応が鈍かったものですから、一分くらいたってても、まだまだマイルズには含みのある笑みを浮かべている時間があって、「ねえ、先生――。男が、いつも女の人と一緒にいるっていうのは――」

この「ねえ、先生」は、よくマイルズが口にする日常の言い方になっていたのですが、私になついてくれている語感からして、これぞ私が生徒に持たせておきたい心のありように合致するものでした。敬意を失わず、なお親しみがあります。

ですが、このときの私は、うっかりしたことは言えないという気持ちだったのです。時間稼ぎに笑ったりした覚えもありますが、美しい顔をして私を見ているマイルズには、この私がどれだけ不様《ぶざま》に見えていることかとも思われました。「いつも同じ女の人と、っていうこと?」

マイルズは平気なもので、瞬《まばた》きもしませんでした。もう私には遠慮がなくなったと言ってよいのでしょう。「そりゃ、まあ、いくら楽しくて完璧《かんぺき》な人でも――。やっぱり男っていうのは、あの、もっと先へ進まないと」

私は、すぐには動かず、マイルズを思いやる心境になっていました。「そう、先へ行くのよね」でも、どうしようもない、と思いました。

そうと見てとったマイルズがふざけたことを言ったのではないか、いまでも私はそんな悲痛な気がしてなりません。「いままでの僕は、すごくいい子だったでしょう。そうじゃなかったなんて言えませんよね？」

私は手を出して、マイルズの肩に載せました。さっさと歩きだせばよかったのに、まだ足が出なかったのです。「そうね、言えないわね」

「あの晩だけは、そうでもなかったけど」

「あの晩？」私はマイルズのようにまっすぐ前を向く顔ができませんでした。

「ほら、僕が出て行って――庭にいた晩」

「あ、そうね。でも、どうしてあんなことしたんでしたっけ？」

「忘れちゃったの？」マイルズの口ぶりは、子供が不平を鳴らすかわいらしさに溢《あふ》れかえっていました。「その気になればできるんだって見せたんです！」

「あ、そうだった、できたのよね」

「何なら、もう一回できるかも」

ようやく私もまた知恵がまわりそうな気がしてきました。「そうよね。でも、しないでしょう」

「ええ、あれはしません。どうってことなかったから」

「なかったわね。じゃ、もう行かなくちゃ」

マイルズは私と腕を組むようにして、また歩きだしました。「で、また学校へ行くのはいつから？」

そう言われて考えながら、私はできるだけ頼り甲斐のある先生になっていようといたしました。「学校では、すごく楽しかったの？」

マイルズは、ふと考えたように、「そりゃまあ、どこにいても楽しいことは楽しいです」

「だったら」私の声が揺れました。「いまのままでも楽しいってことで——」

「でも、それだけじゃだめなんです。もちろん先生はいろんなこと知ってるんだけど——」

「それくらいなら自分でもわかってる、ってことかしら」私はマイルズが言いさした隙《すき》に、そう言ってみました。

「僕は知りたいことの半分も知らない」これがマイルズの率直な心境なのでした。

「でも、だからってわけでもなくて」

「じゃあ、何なの？」

「ええと、もっと現実を見たい」

「ふうん、そうなの」もう私たちは教会が見えるところまで来ていました。集まろうとする人々の姿があり、ブライの館の使用人もちらほらと見えています。まだ路上にいる人も、すでに入口あたりで私たちを待って先に入らせようとする人もいました。私は足を速めました。いまの論点がマイルズとの間で深刻化しないうちに、教会の中にいたかったのです。そうすればマイルズだって一時間やそこらは静かにせざるを得ないでしょう。会衆席へ行けば薄暗いはずで、また祈りの姿勢で膝《ひざ》をつくクッションが精神まで救ってくれるかもしれません。そう思って気が逸《はや》りました。このままではマイルズに一泡吹かされそうで先を急いだのでしたが、うまく逃げ切ることはできず、教会の区域よりも手前でマイルズが出し抜けに言ったことがあります。

「仲間が欲しいんです！」

そう聞いて私は前のめりによろけていました。「あんまり多くないでしょうね」これは笑って言っています。「フローラならいるけれど」

「ちっちゃい女の子と一緒にしないでください」

どうにも劣勢に立たされたものです。「だったら、そうねえ、かわいい妹なのに好きじゃないの？」

「そんなこと言うなら——先生だって同じでしょうけど、それを言うなら——」マイルズが二度も言いかけた語気からは、いくらか下がっておいて跳躍に移るのではないかという予感もしたのですが、すぐには言わずに中途半端《はんぱ》なままでしたので、教会の門を抜けてから、マイルズが私の腕につかまっている手に力を込めたときには、ここでまた立ち止まるしかないことはわかっていました。もうグロースさんとフローラは教会内へ行っていて、それに続く人々もあり、しばらくは私とマイルズだけが、ずっしりした古い石碑のならぶ墓地に取り残されることになったのです。門から入ってきた小道で、低くて長さのあるテーブルのような墓石を横に見て立っていました。

「で、そんなことを言うなら——？」

私は答えを待って、マイルズは墓地に目をやっていました。「もう、先生、わかってるでしょうに！」と言ったきりマイルズは動きませんでしたが、やがて口を開いたので、それを聞いた私は平たい墓石にへなへなと倒れかかって、いきなり休憩したくなったような形になりました。「先生の考えは、伯父の考えでもあるんですか？」たしかに私は休んでいると見えたでしょう。「先生の考えなんて、どうしてわかるの？」

「あ、いいえ、わかりません。だって何にも言ってくれないみたいだから。でも伯父の考えはどうなんでしょう」

「どうって、何のこと？」

「これから僕がどうなるか」

この質問に応じるとしたら、私の雇い主である人にいささか無遠慮な物言いになるのは目に見えています。ただ、もうブライの館がこれだけ大変なのですから、多少のことは致し方あるまいとも思われました。「伯父様はあまり気にしてらっしゃらないようね」

すると、立ったままのマイルズが、しっかり私に目を合わせて、「じゃあ、気にさせるようにできませんか？」

「どうやって？」

「来てもらえばいいんです」

「そんなこと、誰が言い出せるのかしら」

「僕が言います！」マイルズは意気揚々として応じました。そんな顔になって、もう一度私を見てから、すたすたと教会へ入っていったのです。

# 第15章

一人で教会に入ったマイルズを、私は追っていきませんでした。その時点で事は決まったと言えます。心の乱れに負けただけのことですが、そうと気づいたところで私が回復する力にはなりませんでした。私は平たい石碑に坐《すわ》り込んだまま、少年が言ったことの真意を汲《く》もうとして、ようやく充分に読めたと思ったときには、いまさら私が行ったところで、生徒にも、ほかの会衆にも、わざわざ遅刻する姿を見せるだけだ、という口実にしがみついていました。とにかく私がつくづく思ったのは、マイルズが私について何かしら摑《つか》んだということで、また私がへたり込んだのを見れば、それが正しいとわかっただろうということです。つまり私にはひどく恐れているものがあると知られたのでして、そういう弱みを摑んだマイルズとしては、これを利して、もっと自由になろうと思いたくなるのでしょう。マイルズが放校処分になった真相という由々しき事案が差し迫ってくるようで恐ろしくなりました。あれだけの怪異が背後にわだかまる難問にほかなりません。本来なら、その解決を図るためには、伯父である人に乗り出してもらいたいと考えるのが妥当でしょう。しかし、そうなった場合には私の不始末として苦境に立つのですから、なかなか踏ん切りがつかずに、その場しのぎで毎日を過ごしていました。理屈で言えばマイルズが正しいに決まっているので、私としては落ち着いてなどいられなかったのです。マイルズにしてみれば、「なぜ中退させられたのか伯父と相談して謎解き《なぞと》をしてほしい。そうでないなら、このまま男子には不自然な生活を続けると思ってくれるな」と言いたくもなったでしょう。ですが、この子について何が不自然かと言うなら、いきなり意識が覚醒《かくせい》して、どうしたいのか言い出したということが、いかにも不自然でした。

というような事情から、私は茫然《ぼうぜん》として、教会へ入っていけなかったのです。どうしたものかと迷いながら建物の外をうろついて、もう挽回《ばんかい》しようのない失態をマイルズの前で演じたのではないかと考えました。もはや取り繕えるものではなく、いまから会衆席でマイルズの隣に割り込んで坐るなど、あまりにも無理なことです。きっとまた腕を組もうとされて、そのまま私は一時間も動きがとれずに、さっきのマイルズの発言を心の中に抱え込んでいるしかなくなります。マイルズが館に到着して以来初めて、私はこの子と離れたいと思いました。私は教会の東側にいて祭壇の大窓の下にたたずみ、聞こえてくる礼拝の様子に耳を傾けていましたが、ある衝動に駆られてしまって、わずかでも情に棹《さお》さしたら、それだけで一気に流されたかもしれません。さっさと出て行けばよいではないか――。それでもう何の苦労もなくなります。いまなら止める人はいません。すっぱり諦《あきら》めればよいのです。背中を向けて退去するだけのこと。いくらかの支度はありますので、いそいで館に取って返すとしても、使用人はあらかた教会へ来ているのですから、留守番はいないも同然です。たとえ大慌《おおあわ》てで逃げ出したとしても、とくに見咎《みとが》められることはないでしょう。また逃げるとはいえ、昼食までに戻るような逃げ方では、どうしようもありません。せいぜい二時間ほどの逃避行で――そのあとのことは痛いほどに予見できましたが――あの二人が素直に驚いたような顔をして、先生が教会へ来なかったのはなぜ、と聞きたがるだけでしょう。「もう先生が悪い子になってどうするの。あんなに心配させるんだから。気になって仕方なかった。入口でいなくなっちゃったの？」こんな質問に応じられるとは思えませんし、その際に向けられる嘘《うそ》のある可愛《かわい》い眼差《まなざ》しも耐えがたいものでしょう。でも、そうならざるを得ないことはわかりきっています。その有様が思いやられて、ついに私はためらいを捨てました。

あの時点の勢いだけで言えば、私は逃げたのです。教会の敷地を出ると、思い詰めたようになって、さっき来た道を引き返していくうちに、もう脱出の意志を固めたつもりになっていました。日曜日のことで、館に近づいていって邸内へ入っても、出会う人はなく、ぴたりと静まっていますので、いまが好機だと勇み立ちます。どうせ出て行くなら、まるで何事もなく黙って姿を消せばよいのでしょう。しかし、とにかく早業で去らねばならないのでして、どうしたら馬車を調達できるかという難問があります。玄関から続く広い廊下で、現実には障害が多いことを思うとつらくなり、階段の上がり口まで行って、ずぶずぶ沈むように一段目にくずおれました。そうしたら、この場所だった、と思い出して嫌悪《けんお》を覚えたのです。もう一カ月以上は前になりますが、夜の暗闇《くらやみ》にあって、やはり邪気に押し潰《つぶ》されそうだった私が、おぞましい女のなれの果てとなった亡霊を見たのがここでした。そう思ったら立ち上がることもできて、この階段を上がりきると、あたふた迷いながらも、まず教室へ向かいました。どうしても持ち出したい私物があったのです。ところが、ドアをあけた刹那《せつな》に、ふさがれていた目の前が、ぱっと開けたとでも言いましょうか、いきなり見てしまったものがあって、それに抗《あらが》うように私はふらふらと後ずさりいたしました。

私が使うはずのテーブルに向かい、白昼の光を浴びて坐っていた人を見て、もし以前の経験がなかったら、とっさにメイドが部屋に来ているのだと思ったことでしょう。留守番で居残った一人が、いまなら人目を気にしなくてすむというので、ここにある教卓を利用し、私のペンとインクと紙を持ち出して、好きな男への手紙を書こうと頑張っている、という場面に見えたはずです。卓上に肘をついて、くたびれたように両手に顔を埋《うず》めているのですから、よほどに苦心の作となったのでしょう。ただ、そう思った瞬間には早くも気がついたのですけれど、私が部屋に来たというのに、なぜか女は姿勢を変えなかったのです。と、その次に――いやでも顔が見えることになりますが――ある動きがあって正体が知れました。女が立ったのです。私が来たからだとは思えません。聞こえてもいなかったでしょう。まるで言いようのない暗い心が冷たく閉じているようでした。さほどに遠くもなく十フィート余りの距離に立っていたのは、悪にまみれた前任の家庭教師です。恥さらしの悲惨な女が、私の眼前にいました。ところが、これを私が見ておこう、覚えておこう、とする間にも、その哀れな姿が消えていったのです。黒ずくめの衣服と、やつれた美貌《びぼう》と、言葉にならない悲嘆をまとって、真夜中の暗闇のようになっていた女ですが、消えようとしながらも私に目を合わせて、言い残したいことがあるような体でした。どちらが入れ替わって教卓の前に坐っても全然おかしくないというのでしょう。たしかに、この緊迫した時間にあって、ここへ割り込んだのは私ではないかという、ぞくりと寒くなる感覚もありました。これに必死で逆らった、ということになるのですが、私は女に言葉をぶつけるように

「何てひどい、みじめな！」と口走って、それが自分の耳にも届き、さらには開いていたドアを抜けて、長い廊下、人気のない邸内に響きました。この声を聞いたのか、女が私に目を向けましたが、もう私は自分を取り戻して、妖気《ようき》を払いのけていました。そして何事もなくなった部屋には、ただ陽光が射《さ》し込んで、まだ私は出て行かないという予感がしたのです。

# 第16章

生徒たちが帰ってきたら、さぞ大騒ぎになるだろう、とばかり思っていたのですが、私が礼拝に出なかったことには一言もありませんでしたので、いったいどうなっているのか、これもまた気がかりなことでした。にぎやかに非難がましく言い立ててまとわりついてくることもなく、私が勝手にいなくなったという話が一向に出ないのです。グロースさんもまた黙ったきりなので、とりあえず私はグロースさんの顔を見ながら、どうもあやしいと思って、さては子供たちに籠絡《ろうらく》されたのではないかと確かめたくなりました。そこで今度また二人だけになったら白状させてやるというつもりでおりますと、夕食の前にそういう機会がありました。グロースさんの部屋へ行って五分ほど話ができたのです。もう日が暮れて、焼きたてのパンの匂《にお》いが漂っていましたが、さすがに〈掃き浄《きよ》められ、飾られたる〉という家政婦の部屋です。グロースさんは火の前にいて、痛ましいことでもあるように、じっと静かに坐っていました。いまでも私がグロースさんを思い出すとしたら、あの姿が目に浮かびます。わずかな残光に映える部屋で、燃える火に顔を向け、まっすぐな椅子《いす》に坐っていました。なんだか「しまい込んだ」という印象を、大きく絵に描いたようだったのです。つまり戸棚の引き出しを閉めて鍵《かぎ》もかけたのに、休んでいながら安まらない——。

「あ、はい、何も言わないでくれということでしたので、ともかく向こうにいる間は、ご機嫌を損ねまいと思って、では黙っておりますよと申しました。それにしても、どうなさったっていうんです？」

「もともと散歩のつもりで出たんですよ。それから戻って友人に会いました」

グロースさんは驚きを隠しませんでした。「お友だち？　先生の？」

「はい、知り合いの一人や二人はいますもの」私は笑ってみせました。「で、子供たちは、なぜなのか言ってました？」

「なぜ黙っていることにするか、ですね？　そのほうが先生も喜ぶっていうのでしたが——そうなんですか？」

私の顔色を読んで、グロースさんが暗い顔になっていました。私は「その反対です」と言ったものの、すぐに「どうして喜ぶと思うのか言ってました？」と続けました。

「いいえ。マイルズ坊っちゃんは、ただ先生が喜ぶことだけをするんだって、そうとしかおっしゃいませんでした」

「ほんとに、そう願いたいわね。フローラは何て言ってました?」

「お嬢さまは素直にかわいらしくて、そうなの、そうなの、って言っておられたので、わたしも賛成いたしました」

私はふと考えて、「あなたも素直なんですね。みんなの声が聞こえるようだわ。ですけど、マイルズと私の間では、もう駆け引きが通じないんです」

「え、何ですって?」グロースさんが目を丸くしました。「何のことです?」

「何もかも——。でも大丈夫。私の心は決まってます。きょうは帰ってきてから、ジェセル先生と話をしました」

すでに私は、こんなことを言い出すとしたら、グロースさんがあわてないように手回しをするという要領がわかっていました。このときのグロースさんも、何たることかと目をぱちくりしていましたが、まずまず気丈になっていられたようです。「話をした! あの人がしゃべったんですか?」

「そうなりました。私が帰ってきたら、教室にいたんですよ」

「それで、何て言ったんです?」あのグロースさんの声が、いまも私の耳に残っています。びっくり仰天して、取り繕おうともしませんでした。

「もう地獄の苦しみですって！」

ここまで私が言うと、グロースさんも思いめぐらしたものと見えて、「つまり、あの」と声を揺らしています。「――堕落したから？」

「堕落して、地獄なんです。だからですよ、いっそ道連れに――」と言っている私自身も恐ろしさに口ごもりました。

しかし、やや想像力に欠けるグロースさんが、もっと言わせようとします。「道連れというと――」

「フローラですよ」もし私がぼんやりしていたら、グロースさんはふらふら逃げ腰になったかもしれませんが、これに押さえをきかせて、先の見通しもあることを伝えました。「さっき言いましたでしょう。もう大丈夫なんです」

「先生のお心が決まったから？　でも何のことです？」

「こうなったら奥の手」

「それが何なのかわからなくて」

「あの子たちの伯父上に来ていただきます」

「あ、先生、ぜひお願いしますよ」グロースさんが勢い込みました。

「もちろん、そうします。ほかに道はありません。マイルズと駆け引きが通じないと言ったのは、つまり――あの伯父さんが来ると先生がいやがるので、そこに付け込む余地がある、なんて考えたとしたら、そんなのは間違いだとわからせる、ということなんです。ええ、この場で（もし必要ならマイルズがいる前で）聞いていただこうと思うんですよ。学校へ行かせる手配を先延ばしにしてきたことが、もし私の落ち度だったというのなら――」

「――いうのなら」グロースさんが急《せ》き立てます。

「ま、とんでもない理由がありますからね」

いまとなっては理由らしきものがありすぎて、グロースさんがわからなくなったのも仕方ありません。「あのう――何でしたっけ？」

「ほら、もとの学校からの手紙です」

「あれを旦那《だんな》さんに？」

「初めからお見せすればよかったのかもしれませんね」

「まさか、そんな！」グロースさんは断固反対のようでした。

「この際、はっきり申し上げるつもりです」私も後に引きませんでした。「放校されるような子だとしたら、どうにも手の打ちようがありません――」

「放校と言ったって、ちっとも理由がわかりませんのに！」

「悪に染まったからでしょう。ほかにありませんよ。もとは非の打ちどころのない賢くて立派な子なのに――。知恵がないとか、きたならしいとか、愚図だとか、意地が悪いとか、そんなことはないでしょう？　すばらしい子なんです。だから染まったとしか言えません。そう考えれば、すっかり見えてくるじゃありませんか。でも結局は、伯父である方がいけなかったんですね。あんな人たちと暮らさせたのでは――」

「そんな人たちだとはご存じなかったんです。わたくしが至らなかったということです」グロースさんの顔が蒼白《そうはく》になっていました。

「いえ、あなたを責めるのは筋違いでしょう」

「子供たちを責めることもできません」グロースさんが切り返しました。

私はしばらく口をつぐんで、グロースさんとにらみ合いのようになりました。「では、ご本宅には何と言えばよいでしょうね」

「先生は何もおっしゃらなくて結構です。わたくしから申し上げますので」

これを私は思案いたしました。「お手紙で知らせる――？」とまで言って、グロースさんは文字が書けなかったと思い出し、あわてて言い方を変えました。「どうやってお知らせするのです？」

「土地の差配人に頼みます。あの人なら書けます」

「こんな話を聞かせて、書いてもらうんですか？」

この質問は、私にも思いがけないほど皮肉な効果があったようで、グロースさんは一瞬だけ持ちこたえてから、ひどく気落ちしていました。また目に涙を浮かべています。「先生、やっぱりお願いします」

「ええ、では今夜にも」という私の返事が結論となって、この日は別れました。

# 第17章

その晩、たしかに事を起こすことになったのです。前日までの天候がぶり返して、荒れた夜になっていました。私は自室にいて、もうフローラはすやすや寝ていましたので、まっさらな紙にランプの光を受けて長いこと坐ったまま、たたきつける風雨の音を聞いていましたが、ついに燭台《しょくだい》を持って部屋を出ると、廊下を越えていって、しばらくマイルズの部屋の前で聞き耳を立てました。ずっと気になってたまらず、わざわざ立ち聞きしたくなったのは、じつはマイルズが寝ていないという証拠をつかめないかと思ったからでした。すると、ほどなく一つ出たのです。ただ、こちらの思い通りではありませんでした。マイルズの声が鈴の音のように転がり出たのです。「いるんでしょ、先生——どうぞ」何とまあ、暗がりに明るく響きました！

手にした蠟燭《ろうそく》をかざして入ると、マイルズはベッドにいて、すっかり目が覚めているようでしたが、すっかり落ち着いたものでもありました。「いま何してたんですか？」と言いながら、みごとに好感の持てる態度ですので、もしグロースさんがこの場にいたら、いったい私が何を根拠に「駆け引きは通じない」と言ったのか無駄な詮《せん》索《さく》をしたくなったかもしれません。

私は蠟燭の光でマイルズを見下ろしました。「私がいるって、なぜわかったの？」

「だって、音がしたんだもの。あれで静かだったと思います？　騎兵隊でも来たみたい」きれいな笑い声が上がりました。

「じゃあ、寝てなかった？」

「あんまり。ベッドで考えることもあるんで」

すでに私は、やや離した位置に、蠟燭を置いていました。するとマイルズが親しげに手を差し出してきたので、ベッドに浅く腰を掛けました。「考えるって、どんなことを？」

「そりゃあ、もちろん先生のこと」

「あらま、そう言われるとうれしいけど、無理しなくてもいいのよ。ちゃんと寝てくれるほうが、よほどにうれしいんだから」

「あのう、それから、僕たちがやってるおかしなことについても考えます」

しっかり出された小さな手が冷えている、と私は思いました。「おかしなことって、どんな？」

「ほら、先生の教え方、育て方、そんなような」

私は一分間も息を詰めていたのではないでしょうか。ぼんやりした蠟燭の光だけでも、枕《まくら》から見上げてくる笑い顔はわかります。「そんなような、というのは？」

「だから、ほら、ねえ」

私はまた一分ほど口がきけなくなっていましたが、こうしてマイルズの手を握り、じっと目を合わせていると、ただ黙っていたのでは批判を受け入れる雰囲気になりそうでしたし、現実世界にあるどんなものよりも、この時点の私たちの間柄こそが現実ではないような気がしてきました。「では、また学校へ行ってもらいます。それで悩んでいたのなら、そうしましょう。といって、ただ復学するのではなくて、ほかの学校、もっといい学校を見つけないといけませんね。そういう悩みだなんて、ちっとも知らなかった。言ってくれないんだもの。そんな話は全然しなかったじゃないの」マイルズの顔の輪郭が、なめらかに白く浮かんで、しっかり聞こうとする表情に見えます。なんだか小児病棟の患者がさびしく物思うというような切々と訴える顔になっていて、そんなことを考えたら、私がこの世に持っているすべてのものを打ち捨てても、この子を癒《い》やしてやれる看護師かシスターになってみたかったとさえ思いました。いえ、何はともあれ、いまから力になってやることはできましょう。「学校のことなんて私には一言もなかったわね——あ、もとの学校の話よ。そっちのことは何も聞かせてくれなかったじゃないの」

マイルズにも考えどころのようでした。いつもながらの愛すべき笑顔を見せますが、これは時間稼ぎなのでしょう。どこからかの指示を待っているのかもしれません。「そうでしたっけ?」このマイルズに手を貸すとしたら、私ではなくて、私と出会ったものが行なうということです!

そのように察知しながら、いまのマイルズの声音、表情に接していると、私はかつてない心の痛みに襲われました。こんな子供が魔力の支配下にあって、どこまでも純真そのものの有様を演じるべく頭を悩ませ、知恵を振り絞っているのですから、哀れというにも程があります。「そうでしたよ。ここへ帰ってきてから、まったく何も言ってくれませんでしたね。あちらの先生はどんなだったか、お友だちはどうだったか、そのほか学校での出来事は、ほんの小さなことだって聞かせてもらっていません。そうでしょう、マイルズ、どんな様子だったのか、ちらりと匂わすこともしませんでしたものね。これでは私が暗闇に放っておかれたみたいだということもわかるでしょう。ようやく今朝になって、私たちが会ってから初めて、以前の暮らしに関わりそうなことを言ってくれました。だから私は、てっきり、いまの暮らしでよいのかと思ってましたよ」まったく不思議でしたが、マイルズが人知れず大人びたこと（うまく言いにくいのですが、とにかく口にするのも憚《はばか》られる害毒にさらされたこと）は絶対に確かだと思っている私から見れば、いまのマイルズは、その胸中にかすかな不安が息づいているとしても、年齢以上に話が通じるようでして、もはや大人も同然の知力があると考えざるを得ませんでした。「いまのまま暮らしたいのかとばかり思ってました」

　ここでマイルズがわずかに気色ばんだのではないかと思われました。いずれにせよ、まだ本復しない病人が少し疲れたというように、気《け》怠《だる》く首を振ってみせています。

「いえ、違うんです。ここを出たいんです」

「ブライの館《やかた》がつまらなくなった？」

「いえ、ブライは好きです」

「では、どういう――」

「だって、男には望むことがありますよね！」

　そう言われても、よくわかる気がしないので、私は逃げを打ちました。「じゃあ、伯父様のご本宅へ行きたい？」

　するとまたマイルズは、可愛い顔に皮肉を浮かべて、枕の上で首を揺らしました。

「先生、そんなんじゃだめです。ごまかされませんよ」

私はものも言えず、今度は私が顔色を変えたのだったと思います。「とんでもない。ごまかそうなんてするもんですか」

「しようと思ってもできませんよね。そうはいかないんです」寝ている姿勢から見つめてくる顔は美しいものでした。「伯父に来てもらわないとだめです。その上で決着をつけてください」

「そうだとしたら」と、私もいささか打ち返しました。「だいぶ遠くへ行かされる覚悟でいてもらわないと」

「それこそが望むところなんだって思ってくれませんか？　伯父にちゃんと伝えてください。先生がいままで何もかも放ったらかしだったこと――。言うべきことはいくらでもありそうですね」

こんなことを喜び勇んで言いますので、こちらからも張り合う形勢になりました。

「でも、マイルズ、あなただって言うことはあるでしょう。いろいろ聞かれると思うわよ」

マイルズは考えたようでしたが、「そうでしょうね。でも、いろいろって何ですか？」

「私には言ってくれなかったこと。それがわからなくちゃ、伯父様だって、これからの方針をお決めになれないでしょうね。まさか、ただの復学というわけにも――」「そんなのいやです」マイルズは割り込んで言いました。「新しい方面に進みたいんです」

みごとに平然と言ってのけて、こわいものなしの快活ぶりでした。そんな調子で言われたので、私には胸を突かれるような先の心配が出たのでしょう。わけのわからない子供じみた悲劇として、おそらく三カ月もしたら舞い戻るのではないかと思ったのです。そしてまた虚勢を張るのでしょうし、さらなる不名誉を背負って帰ったということにもなるのでしょう。そんなことには耐えられないと思ったら矢も楯《たて》もたまらず、つい私はマイルズにおおいかぶさり、いじらしいと思う心情に駆られて抱きしめていました。「ああ、マイルズ、マイルズ――」

顔と顔がくっつきそうでした。それからマイルズはおとなしく私にキスをされて、あわてることもなかったようです。「あの、先生?」

「ほんとに、私には何にも言うことがないの?」

マイルズはやや顔をずらして壁のほうに向かい、病気の子がするように手をかざして見ていました。「言いましたよ――けさ言いました」

これではいけない、と思いました！「かまわないでくれっていうこと?」

するとマイルズは、わかってもらえますね、と言いたげに視線を戻しておいて、そうっと穏やかに、「放っといてください」と答えました。

これに一種独特の重みさえも感じられて、私はマイルズから離れたのですが、ゆっくりと立ち上がってからでも、すぐには立ち去りかねていました。もちろんマイルズにつきまとうつもりなどは毛頭ありませんでしたが、いまここで出て行ったのではマイルズを打ち捨てることにならないか、いえ、もっと正直に言えば、マイルズを失うことにならないかという気がしたのです。「いま伯父様へのお手紙を書こうとしていたのよ」

「じゃあ、ぜひ書き上げてください」

私はいくらか様子を見ました。「以前に何があったの？」

マイルズがまた私を見上げて、「何より以前？」

「あなたが学校から戻る前に、それから学校へ行く前に」

しばらくマイルズは黙っていましたが、その視線は私の目に合ったままでした。

「何があったか、ですね？」

という言葉の響きには、まったく初めて、同じ方向で考えようとする気配がひくりと動いたかと思わせるものがあって、私はベッドの横で膝《ひざ》を突き、いま一度マイルズをつかまえておける機会に縋《すが》りました。「ああ、マイルズ、こんなに助けてあげようとしてるのに！　それだけなの、それしかないのよ。あなたを苦しめたり、いやがらせたりするくらいなら、死んだほうがまし。髪の毛一本でも傷つけたくない。それくらいなら私が死ぬわよ。ああ、マイルズ——」おそらく行き過ぎかもしれないと思いながら、もう私は言うだけ言ってしまいました。「あなたを守るためなんだから、あなたにも協力してほしいだけ！」ところが、ほんの一瞬後には、たしかに行き過ぎだったことを思い知らされました。ああまで私が訴えかけて、すぐに答えが返ったと言ってもよいのですが、これは冷たい嵐《あらし》が吹き荒れたような反応として返ったのです。いわば凍った空気がたたきつけて部屋全体が揺るがされ、こんな暴風では窓が打ち破られたとしてもおかしくないという衝撃でした。マイルズが高く叫んだ声は、大音響のあまり間近にいた私にも不分明でしたが、歓喜の、あるいは恐怖の調子を帯びていたのかもしれません。私は飛び上がるように立って、あたりが真っ暗なことに気づきました。しばらく立ったままで暗闇に目を凝らすと、もともと閉まっていたカーテンに動きはなく、窓もきっちり閉じているのがわかりました。「あら、蠟燭が消えてる！」私は声を上げました。

「ええ、僕が吹いたから」と言ったのはマイルズです。

# 第18章

翌日、授業が終わった頃に、グロースさんがちょっとした合間を見つけて、そっと静かに話しかけてきました。「お書きになりましたか?」

私は「ええ、書きましたよ」と答えたものの、その手紙は封をして宛先《あてさき》も書いて、しかしポケットに入れたままなのだ、ということまでは当面言わずにおきました。使いの者が村に出るまでには、まだ間があるでしょう。さて、きょうの生徒たちはと言うと、午前中の勉強時間に、いつもの出来さえも上回る優秀な模範生になっていました。どうやら二人そろっての思惑で、もし摩擦らしきものが生じているなら、上辺をつくろってごまかそうということでしょう。へっぽこ教師が思いつかなかった高度な計算をしてのけて、また地理や歴史も冗談にしておもしろがるように軽々とこなしていました。とくにマイルズの場合には、いまの先生では物足りないことを見せつけたい願望が出ていたのです。あの子は、いまでも私の記憶にあっては、うまく言葉にできませんが、美しくもあり哀れでもある境遇に生きています。たとえ衝動を露《あら》わにして行動するときでも、常に独自の個性は見えていました。知らない人の目には天衣無縫に見えたはずの自然児が、あれほど知恵のついた奇異な小紳士だった例はないでしょう。知っている私にしても、うっかり油断したら、つくづく感心して見てしまったかもしれません。この小さな紳士が懲戒処分になるほどの何をしたのかと悲憤慷慨《ひふんこうがい》してやまず、見当違いの目つきで嘆息を洩《も》らしていたかもしれません。あの暗黒の怪人の仕業によりマイルズにたっぷりと邪念が吹き込まれたのだとしても、はたして何らかの行為にまで走らせる結果に至っていたのかどうか、私はあらんかぎりの正義感をもって、その真偽を確かめたくてなりませんでした。

　ともあれ、この日です。ひどい一日になったものですが、早めの昼食が終わってから、マイルズは小紳士たる本領を発揮することになりました。わざわざ私に寄ってきて、三十分ほどピアノを弾いてあげましょうかと言ったのです。サウルの前で琴を弾いたというダヴィデも、こうまで時機を見計らったのではないでしょう。あっぱれな才覚、器量を見せたと評してよいのでして、また次のように言ったも同然でした。

「よく物語に出る騎士は、一気に攻め立てることをしませんね。いま先生も、一人になっていたい、つきまとわれたくない、という気持ちなので、もう僕のことを心配して見張っているのはよそう、あまり近づけないでおこう、勝手に行き来させておこう、と思ってますよね。でも僕は出てったりしませんよ。あわてて出なくたっていいんです。だって先生が一緒だと楽しいんですから。ただ僕にも守りたい原則があっただけだっていう、そこのところを見てもらいたいんです」このように訴えられた私が拒み通したのかどうか、ふたたび手をつないで教室へ行けたものではなかったのかどうか、もうおわかりかもしれません。結局、マイルズはいつものピアノの前に坐って、いつも以上に弾いたのです。どうせならフットボールでも蹴《け》っていてくれたほうがよかったとお考えの方がいらっしゃれば、まったくその通りだと言うしかありません。なにしろ聴いているうちに時間を忘れてしまって、はたと気づいたら、まさかに勤務中の居眠りかという心地がしたのでした。もちろん昼食のあとで、また教室の暖炉が近かったのではありますが、しかし断じて寝ていたのではありません。いえ、もっと悪かったのでして、睡眠ではなく失念をしていたのです。さっきからフローラはどこへ行ったのでしょう。この質問を向けると、マイルズはしばらく弾き続けてから、やっと答えたのでしたが、それも「え、先生、僕が知るわけないです」と言っただけで、けらけらと笑い出し、そのまま長く引き延ばして、この声をピアノに重ねるように、わけのわからない歌に仕立てました。

まず私は自室に直行したのですが、フローラの姿はありませんでした。それから同じ階の部屋を一応は見てまわって、どこにもいないようなので、だったらグロースさんと一緒なのだろうと思い、そうであれば安心だという気持ちも手伝って、グロースさんをさがそうと階段を下りました。グロースさんは昨晩と同じところにいましたが、私がいそいで問いかけますと、ただ呆然《ぼうぜん》とするだけで何も知らない様子でした。食事のあと私が二人とも連れて行ったとばかり思っていたらしいのです。ただ、それも無理はありませんでした。私が何かしらの対策をとらずにフローラから目を離したということは、いままでに一度もなかったのです。もちろんメイドと一緒だということは考えられますので、さりげなく捜索してみることが先決でした。すぐに相談はまとまって、それから十分後に、打ち合わせどおりグロースさんと玄関ホールで合流し、それぞれの報告をしたのですが、どちらにしても用心して聞き込んだ結果は、フローラがどこへ行ったかわからないというものでした。それでもう言うことはなくなって、しばらくは心配な顔を突き合わせていましたが、いままでは私がさんざん警報を発する立場だったのに、このときはグロースさんからたっぷり割り増しで返されたような気がしました。

「上階《うえ》ではありませんか」ほどなくグロースさんが言いました。「ご覧にならなかった部屋にでも」

「いえ、そんな近くにはいないでしょう」私はもう断定していました。「外に出たんです」

グロースさんが目を丸くしました。「帽子もかぶらずに？」

私だって平気な顔ではいられません。「あの女も、かぶらないようですね」

「では、あの人と？」

「一緒です！」私は言い切りました。「何としても見つけないと」

私はグロースさんの腕をつかんでいましたが、いまの判断を聞かされたグロースさんは、すぐには反応できなくなっていました。その場に立ちすくんで、ただ不安と向かい合うだけなのです。「だったらマイルズ坊ちゃんは――」

「クイントがいるのでしょう。きっと二人で教室に」

「そんな、先生！」とグロースさんには言われましたが、私自身の意識では――ということは口調にも出ていたと思いますけれど――これほど冷徹な見方に達したことはなかったのです。

「まんまと引っ掛かりました。敵もさるもの、こういう作戦だったんですね。フローラを出て行かせる時間稼ぎに、私をおとなしくさせていた。もののみごとに仕組んだのです」

「みごと？」グロースさんは戸惑ったように聞き返しました。

「極悪、ですけどね」私は冗談めかして答えました。「マイルズは自分のためにも手を打ったことになります。ともかく出かけましょう」

グロースさんは弱り果てて曇った顔を二階へ向けました。「でも、あちらは、よろしいので？」

「クイントと放っておいても？　ええ、いまとなっては構いません」

こういうときのグロースさんは、いつも最後には私の手をつかまえたものでして、ですから今回も私を引き止めることはできたのでしょうが、私がすっぱり割り切ったので一瞬あっと息を呑《の》むと、「手紙をお書きになったから？」と夢中で問いを発しました。

私の答えは、すぐにポケットの手紙をさぐって、かざして見せることでした。それからグロースさんの手をほどくと、大型の玄関テーブルに寄っていって手紙を置きました。戻りながら「あとでルークが持って行ってくれますね」と言うなり、私はドアを開けて、もう表の階段へ出ていました。

グロースさんは二の足を踏んでいます。昨夜から今朝にかけての風雨は収まっていましたが、どんよりした午後には違いありません。私が階段を下りて歩きだそうとしているのに、まだグロースさんは玄関口にいました。「そのままで行かれるんですか？」

「フローラだって帽子なしで行ったでしょう。支度してる暇なんてありませんよ」私の声が大きくなっていました。「どうしても支度するとおっしゃるなら、私だけ行きます。グロースさんは二階でも見ていてください」

「あの二人がいるのに？」こうなるとグロースさんもそそくさと降りてきました。

# 第19章

まず池に行ってみました。ブライでは「池」と称していて、それ自体は妥当な言い方だったでしょうが、いまから考えますと、世慣れない私の目に映ったほどには大きくなかったかもしれません。もともと私は池やら沼やらに親しんでいませんでしたから、このブライの大きな水たまりも――子供を乗せられる平底の小舟が繫《つな》いであったので、たまに私のほうが付き添われたようになって水上に出たこともないわけではありませんでしたが――ずいぶん広くて、また案外揺れるものだと思いました。もし舟に乗るとしたら、まず館から半マイルほど歩くことになります。ただ、フローラがどこにいるにせよ、館の付近ではあるまいという心証が私にはありました。これまでにフローラが私の目をごまかして出たということは一切ありません。そして、あの池の端で遭遇した事件以来、私と連れ立って歩いていて、なんとなく行きたがる方面が決まっていることに、私は気づいていました。ですから、いま私と歩いているグロースさんに、はっきりした道案内ができたのです。その行き先を察したグロースさんが、もう進みたくないように葛藤《かっとう》するので、あらためて事件の謎《なぞ》に困惑していることはわかりました。「あの、先生、池に行かれるんですか――まさか、お嬢さまが落っこちて――」

「そうかもしれません。全体に深くはないと思いますけれど。ただ、それよりも岸辺にいる確率が高いでしょう。いつぞや私とフローラが岸辺にいて見たものがあると言いましたよね。そのあたりです」

「お嬢さまは見ていない風を装《よそお》ったという――」

「ええ、びっくりするほど落ち着き払って！　あれからまた一人で行こうとするに違いないと見ていましたが、その妹のためにマイルズが一計を案じたんですね」

グロースさんは足を運べなくなって、立ったままでした。「じゃあ、お二人は、あの人たちの話をしてるんでしょうか？」

これには自信を持って答えられます！「そうでしょう。もし聞いたら愕然《がくぜん》とするような話を」

「それで、お嬢さまが行ってらっしゃるとしたら――」

「はい？」

「ジェセル先生も来ている？」

「もう間違いなく。行けばわかります」

「ああ、そうなんですか！」と声を上げたグロースさんは、足に根が生えたように動きませんので、それなら仕方ないと思って私は一人で先を急ぎました。ところが池の端まで来ると、すぐうしろにグロースさんが追いついてきています。これから私の身がどうなるか案じられるにせよ、その私とでも一緒にいれば、少しは陰に隠れることもできるという算段なのでしょう。池が大きく見渡せる場所にまで来ましたが、子供の姿は見当たらないようで、グロースさんはほうっと安堵《あんど》の息をつきました。私がフローラを見てきたかぎりで驚愕の極みとなる出来事のあった岸辺に、いまフローラの影も形もないのです。池の対岸は水際《みずぎわ》までせいぜい二十ヤードを残して雑木林が迫っているのですが、そちら側にも見えませんでした。この池はひょろ長い形をして横たわり、たいして奥行きがなく、左右の岸には目が届かないほどですので、ささやかな川ではないかと思えたかもしれません。何事もなく広がる水面をながめていて、グロースさんが何やら言いたそうな目をしていると感じました。言われなくてもわかります。私は首を振って否《いな》と答えました。

「早まってはいけません。舟を出したのでしょう」

そう言えば、繋いであるはずの舟がない、ということでグロースさんが目を見張りました。あらためて水面を見渡して、「じゃあ、舟はどこに?」

「見当たらないということが何よりの証拠です。向こう岸へ渡って、どこかに隠したんですね」

「そんなことを、お嬢さまが一人で?」

「一人ではありません。また、こんな場合には、フローラだって子供と思ったら大間違い。まったく大人顔負けなんだから」私が視野にあるだけの岸辺を遠見している傍らで、グロースさんは意外なことを言い出した私を、またしても思いきって信じようとしていました。そこで私は舟の在処《ありか》を推理して、岸辺には小さな凹凸があるので、ぴったりの隠し場所もあるだろうと言いました。どこか凹《くぼ》んだ箇所の手前に突き出した岸があって、水際まで雑木が生えているとしたら、こちらからは見えないでしょう。

「でも、そっちに舟があるとして、お嬢さまはどこなんです?」グロースさんは不安を隠しません。

「それを調べるんですよ」私はもっと先へ歩こうとしました。

「ぐるっと回るんですか?」

「もちろん。遠回りですけどね。大人の足なら十分ほどでしょう。でもフローラには歩きたくないと思う距離だったのです。だから舟で渡った」

「そんな！」またグロースさんの悲鳴が上がりました。ふだんから私の思考の連鎖についてくるのは大変だったようです。このときも鎖に引きずられるように、私のあとから歩きだしました。やっと池を半周したところで――ただでさえ歩きにくい地面に雑草がはびこっていて、いかにも骨の折れる迂回路《うかいろ》ですが――グロースさんが一息つけるように小休止いたしました。私はグロースさんに感謝しつつ腕をまわして、大助かりだと思っていることを伝えました。それでまた歩きだしてから、ほんの数分も進んでいった地点で見ると、予想通りに舟が来ているとわかりました。なるべく目立たせまいとして置いた意図も見えます。岸沿いに柵《さく》があって、そのあたりだけ水辺に下がっていますので、舟を杭《くい》に舫《もや》っておくことができました。上陸の手がかりとしても役に立ったでしょう。太短い二本のオールをしっかり引き上げて始末してあるのですから、あんな小さな娘としては驚嘆すべき仕事ぶりだと思いましたが、すでに私はさんざん不思議なものを見せられて、もっと鮮やかな手際に恐れ入っていたのでした。柵を抜ける門がありますので、その先へ行きますと、ほんの少し歩いただけで、だいぶ開けた土地に出ました。そして二人が同時に「あ、いた」と叫んだのです。

いくらか離れて草地に立っているフローラが、きょうのお仕事は終了、と言いたげな笑顔を見せました。ところが次の瞬間、フローラはひょいと腰をかがめて――そのために来たのでもあるように――見てくれの悪い枯れた歯朶《しだ》の大枝を折り取ったのです。たったいま雑木林から出てきたのではないかと私は直感しました。フローラは自分では一歩も動かず、こちらから行くのを待っています。それで近づいていった私たちのほうが、ただならぬ重大事を前にしたような気になっていました。フローラはにこにこと笑うばかりです。そこへ私たちが行ったのですが、ぴたりと静まり返っていて、ひどく不吉な静けさにも感じられました。その呪縛《じゅばく》を破ったのはグロースさんでして、すとんと膝を突くと、子供を胸に引きつけてから、だいぶ長いこと、おとなしい小さな身体《からだ》を抱きしめていました。こんな言葉もなく突発した行動が続いて、私はただ見ているだけだったのですが、グロースさんの肩越しにフローラが顔をのぞかせるので、それだけ私も強く見つめ返していました。もうフローラは真顔になっています。笑った明るさは消えていました。でも、その顔を見る私は、こうして単純素朴な関わり方をしていられるグロースさんが羨《うらや》ましいと思って、なおさら胸が痛んでいたのです。この間ずっと、フローラはつまらない歯朶の枝を地面に落としただけで、それ以上に私との応酬はありませんでした。もう嘘《うそ》でごまかすことはできないね、と言い合っていたようなものです。ようやく立ち上がったグロースさんは、そのまま子供と手をつないでいましたので、この二人を私が正面に見るという構図は変わりませんでした。フローラは異様に黙りこくったまま意思を伝えてきたのですが、私に向ける表情には遠慮がないだけに、なおさら異様な沈黙になっていました。「あたし、何が何でもしゃべらない」と、その顔が言っていたのです。

そのフローラが、驚きを隠そうともせずに私をじろじろと見てから、口を切りました。どちらも帽子をかぶっていないことを、めずらしがったのでしょう。「あ、先生、お支度してない」

「そうね、あなたと同じ！」私もすぐに言い返しました。

フローラはいつもの気楽な明るさを取り戻していて、もう帽子の件は気が済んだようです。「マイルズはどこ？」と話を変えました。

よくもまあ小癪《こしやく》な出方をするもので、こうなったら我慢にもほどがあると思いました。抜いた刀がきらりと光るような一瞬のうちに、いまの言葉が私を揺らしていたのです。いわば私は杯を手にしていたようなもので、これを満杯にして、ずっと何週間も高くかかげていたというのに、いま私は口を開くよりも先に、揺れた杯から溢《あふ》れたものを浴びていました。「あなたが言ってくれたら、私だって――」と自分が言っているように聞こえましたが、その声が震えて途切れるのもわかりました。

「え、何を？」

このときグロースさんがはらはらして、火を吹きそうな顔になっていましたが、もう間に合いません。私は言いたいことをぶちまけていました。「じゃあ、ジェセル先生はどこなの？」

# 第20章

教会の敷地内でマイルズと対峙《たいじ》した日のように、今回もまた、ここが正念場だと思いました。その名前がフローラの前では決して出されないようにと大事に心がけてきただけに、ひっぱたかれたような顔になった子供の目つきからすれば、いま私が沈黙を破ったのは窓ガラスをたたき割る音にも似ていたのかと思われました。この打撃を止めたいように私の暴発に押しかぶせたグロースさんの悲鳴もまた大きくならざるを得ず、まるで怯《おび》えたというか手負いになった動物が高く叫んだようでした。しかし、ほんの数秒のうちに、そこへまた重ねるように、私があっと息を呑んでいたのです。私は思わずグロースさんの腕をつかみました。「いますよ、います！」ジェセル先生の姿がありました。いつぞやと同じく、池の対岸に立っているのです。おかしな話ですが、まず私に生じた感覚は、これで証明できたという喜びでした。彼女が出ているということは、私は間違っていないのです。意地が悪いのでも狂気にとらわれているのでもないのです。こうして出ればグロースさんも肝を冷やすことでしょうが、それよりはフローラと会いに出たのでしょう。ともあれ私がくぐり抜けた怪奇な時間の中でも、ここまで異常な一瞬はなかったのではないかと思います。私は彼女に向けるということを意識して――たとえ幽鬼のごとき女といえども、そのくらいは察するだろうと思って――よくぞ出てくれたという無言の合図を投げたのです。さっきは私とグロースさんがいた場所にまっすぐ立っている女がいて、その奸計《かんけい》のおよぶところには寸分の隙《すき》もなく邪気が充満していました。ついに堂々と姿を見せて、その存念までも露わにしたのです。ほんの数秒だけのことではありましたが、その間、私が指さす箇所を見てびっくりしたグロースさんの顔からすれば、ようやく見えたのであることは歴然としていました。また同時に私はフローラの様子も見逃すまいと目を飛ばしていましたが、それで明らかになったフローラの反応は、じつに驚くべきものでした。この子もまた取り乱すだけというのであったら、ああまで驚きはしなかったでしょう。もとより、ただ怖がるだろうとは思っていませんでした。私たちが追ってきたということで、フローラも用心する気になっていたはずですから、うっかり内実をさらすような真似《まね》はしないでしょう。私としては想定外の行動を初めて見せられる形になりましたが、それで愕然とするしかなかったのです。ピンク色の肌をした小さな顔をひくりとも動かさず、私が幽霊だと言って指さした方向を見ようとする素振りもなく、私に対して、硬く強《こわ》ばった表情を向けてきました。いままでにない顔になって、私の心を読んで、責めて、裁こうとするらしいのです。この少女自身がするりと奇怪な変容を遂げました。いまこそフローラには完全に見えているはずだと思えるのに、私は自信を揺るがされ、とっさの自己防衛として夢中で証人喚問をしていました。「ほら、いるじゃないの、お馬鹿《ばか》さんね――ほら、ほら、あなたの目に私が見えるんなら、あの人だって見えるでしょうに！」さきほどグロースさんには、フローラを子供と思ってはいけない、大人も顔負けだ、と言いました。このときのフローラの様相こそ、そう言って間違いないことをまざまざと見せつけていたのです。フローラはどうしても認めようとはせず、むしろ非難の色を深めていった顔つきを、ぐいっと硬くして応じました。そんなフローラのありようとでも言ってよさそうなものに――いま語っていて、うまく思い出すことができているなら――私は何よりも恐れをなすようになっていたのです。また同時に気づいたこともありました。つまりグロースさんという人が、なかなか扱いにくい存在になったのです。ともかくも次の瞬間には、この年かさの人が、顔を赤らめ、たまげた声を出して、まわりの一切をかき消すほどに、抗議の叫びを上げました。「いやですよ、先生、そんな人騒がせな！　どこに何が見えるっていうんです？」

私はあわててグロースさんをつかまえるだけでした。こんなことを言っている間にも、おぞましい女は、いまだ薄らぐことなく、おのが姿をさらして立っていたのです。すでに一分間は出ていました。私がグロースさんにつかみかかり、そっちへ向けよう、見せてやろう、と押し出さんばかりになって、手で方向をわからせている間に、まだ消えていませんでした。「こんなに見えてるのに、あなただけ見えないんですか？いま見えるでしょう？　ほら、いまですよ。火が燃えるほどにも、はっきり大きく見えるじゃありませんか！　ね、見てくださいよ、見て！」それでグロースさんも見ようとはしたのでして、ううむと唸《うな》ったのは、とんでもない、薄気味悪い、お気の毒に、ということだったのでしょう——同情しつつも、見えずに済むならありがたいということで、ごちゃごちゃの心地になっていたようですが——できることならお味方してさしあげたいのに、という気持ちは伝わりまして、それだけは胸にしみました。グロースさんが味方なら助かったかもしれません。この人の目がどうしようもなく封じられているとわかったのは大変な打撃でありまして、これではもう私の立場がみじめに崩れていくような気がいたしました。青ざめた前任の家庭教師が、いま立っている位置から、私を負かそうと迫ってくるような気がする——そうと見える——のでもありました。そして何と言っても、あきれるばかりの態度をとるようになったフローラに、これからどう対処したらよいのかと考えさせられたのです。そこへ、グロースさんが飛び込みました。もうぶち壊しだと思いつつ、私だけは勝っているという直感が内心に射《さ》していたところへ、グロースさんが息もつかずに割り込んで、フローラを安心させようとしたのです。

「いやしませんよ、お嬢さま、誰もいませんからね――ほうら、何にも見えっこありません！　どうしてジェセル先生が、ねえ、とうにお亡《な》くなりで埋まってるのに――そうでしょう？」と、こんな子供だましのようなことを言うのでした。「ただの見間違い、気のせい、いたずら――もう、さっさと帰りましょう！」

そう言われたフローラは、なぜか急にいい子になって取り澄ましていました。もうグロースさんは立っていて、また二人でならんでいると、何と言いますか、いじめられた同士が連合軍になったようでした。フローラは顔に不服の色を浮かべて、そのまま小さな仮面になったようでしたが、この期《ご》に及んでも私は神の許しを願っていました。グロースさんの服につかまって立つフローラを見ていると、この子にしかあり得なかった幼い美しさが突如として破綻《はたん》した、消滅した、と思ってしまいそうになったからです。さきほども申しましたが、フローラは硬くなったと言ってよいのです。ひどい硬さが出ていて、ありきたりの、ほとんど並以下の子供でしかありません。「何のことかわかんない。誰もいない。何にも見えない。ずうっと何にも見てないのに。先生に意地悪されてるみたい。先生なんか嫌い！」こんな町場のひねくれ娘のような口をきいたかと思うと、フローラはことさらグロースさんにしがみついて、そのスカートの生地に、憎たらしい小さな顔を埋《うず》めていました。そうしておいて、くやしそうに大泣きしたのです。「もういや、連れてって——あんな人のいないところへ！」

「え、先生のこと？」私は息を喘《あえ》がせました。

「そうよ、もういや！」フローラは泣きながら言います。

グロースさんさえも心外だという目つきを私に投げていました。私はまた対岸と関わろうとするしかなくなりましたが、じっと立っている女は、これだけの距離があっても私たちの声が聞こえているかのように、ひくりとも動かず硬直したままで、私の役に立つどころか、私の破滅をもたらすものであることが、ありありと見てとれるのでした。もはやフローラは悪い子になって、どこで覚えたのかと思うような棘《とげ》のある言葉を連発していましたので、こうなったら私としては降参して諦《あきら》めるだけのこと。フローラに向けて悲しく首を振るしかありませんでした。「いまとなっては、いよいよ疑う余地はないわね。みじめな現実に生きていたってことだわ。ついに真相に迫られて逃げ場がなくなったみたい。もちろん、あなたを失った。どうにかしてあげようとしたのに、あなたって子は――」ここでまた私は対岸にいる魔界の証人を見やりながら、「あちらの言うことを聞いて、上々の首尾でやってのけたじゃないの。私も頑張ったけれど負けたわね。あなたを得ることはできなかった。さよなら」それからグロースさんには「もう行きなさい」と、つい命令調になって喚《わめ》き散らしました。するとグロースさんは打ちひしがれていながらも黙って少女をつかまえて、まったく眼力のない人であるというのに、とんでもない事態に巻き込まれていることは確信したようで、さっき来た道を精一杯の大急ぎで逆戻りしていきました。

　さて私一人が残って、その直後にどうなったのか、まったく覚えがありません。十五分ほどたってから、と思うのですが、じっとりして粗雑な肌触りがあって、ぷんと鼻を突くように私の苦境を冷たく刺していましたから、どうやら私は地面に倒れ伏して、猛烈に嘆き悲しんでいたらしいことがわかりました。しばらく泣きの涙になっていたのでしょう。ふと顔を上げますと、もう日が暮れかかっていました。立ち上がって、薄闇《うすやみ》に目を走らせ、くすんだ水面や、さきほどは亡霊が出ていた殺風景な対岸を見ておいて、つらく歩きにくい道をたどりました。柵の門まで来たら、なんと舟がなくなっていたのですから、主導権をとったのはフローラということで、やはり普通の子供ではないという思いを新たにいたしました。その晩のフローラは、まったく当然のように――また、こう言っても大嘘だと思われなければ、まったく幸福な計らいとして――グロースさんと一緒にすごしました。私は帰館してから二人のどちらとも顔を合わせませんでしたが、その代わりに、と言えるのかどうか、マイルズと会う時間が多くなりました。あんなに会ったのは――ほかに言いようがないのですが――この晩が初めてだったようにさえ思えたのです。私がブライへ来てから、これほどに運命の気配を感じさせる夜はありませんでした。でも、そうでありながら――しかも私は足元に底抜けの大穴があいたような恐慌《きょうこう》を来《きた》していたというのに――だんだん薄らいでいく現実の中に、ただならぬ甘い悲哀が生じたと言ってもよいのです。館《やかた》に着いた私は、とくにマイルズをさがそうとも思いませんでした。自分の部屋へ直行して、とりあえず着替えをしたのです。すると室内を一目見ただけで、フローラとは決裂したことが現場の状況としてよくわかりました。子供らしい持ち物がそっくり運び出されていたのです。あとで教室の暖炉にあたりながら、いつものメイドにお茶を出してもらったときにも、マイルズという事項についての質問は一切控えておりました。もう自由になりたいという子には、勝手にさせておけばよいでしょう。ですから、その自由の行使だったと言えば言えるのですが、夜の八時頃、マイルズが黙って教室に入ってきて坐《すわ》りました。すでにお茶は下げてもらったあとでして、私は蠟燭《ろうそく》を吹き消し、椅子《いす》を暖炉に寄せていました。もう凍えそうに寒くて、これだけ冷えたら冷えきったままにならないかという気がしました。そんなところへマイルズが来たのです。私は火影《ほかげ》の中に坐って考えごとをしていました。マイルズは入口で一瞬だけ足を止め、私を見たようです。それから私の物思いに仲間入りするかのように、暖炉の近くまで来て、私と向かい合う椅子に沈み込みました。どちらも押し黙っていただけですが、それでもマイルズは私と一緒にいたいのだというのが私の感想でした。

# 第21章

翌日、まだ夜も明けやらぬうちに目を覚ましますと、グロースさんが私の部屋に来ていました。よからぬ知らせを持ってきたのです。フローラがひどい熱を出して、何かしらの病気かもしれないというのでした。フローラは一晩中こわがっていたそうで、なぜ不安なのかというと、前任の先生がどうこうではなくて、ただ現在の先生に原因があるとのこと。ジェセル先生が再登場するかもしれないというより、ともかく私にまた出て来られたらいやだと言ってきかないらしいのです。もちろん私はすぐに立ち上がっていました。問いたいことは山ほどあります。グロースさんが気を引き締めて再度の面談に来たらしいのですから、なおさら聞きたくもなりました。あの子は正直だと思うかという質問を向けたら、そのような様子が見えたのです。私とフローラと、どちらが誠実だというのでしょう。「で、あなたには何と言ってるんです？　何にも見ていないとか、見たこともないとか、そんな調子なんでしょうか」

グロースさんも、たしかに大弱りなのでした。「でも、先生、わたしが聞き出せることではありませんし、また無理に聞くまでもないような気がして。なんだかお嬢さまときたら、へんに大人びてしまわれました」

「ええ、ここにいても目に見えるようです。お姫様気分でご立腹なんでしょう。嘘をついたと疑われ、品位を落とされたような気にもなって、『まあ、ジェセル先生だなんて！』とか何とか言ってるんですね。たいした品位だこと。きのうのフローラといったら、どうかしてるとしか言いようがありませんでした。どうかしてましたね。たしかに私も一歩間違えたのかもしれません。もうフローラは私とは口をきかないでしょう」

ひどい話になったもので、また謎めくばかりですので、グロースさんは黙ってしまいました。まもなく素直に同調していましたが、何かしらの含みはあったように思います。「はあ、そうなんでしょうね。すっかり我が強くおなりですから」

「そういう態度が――」と私は要点を言いました。「いまのフローラのいけないところだってことです」

ああ、それ、という顔をグロースさんもしていました。ほかにも何やかや思うことはあったようです。「先生が入ってこられるんじゃないかって、三分に一度は聞かれるんですよ」

「なるほど」どうせそんなことだろうと思っていました。「きのうから何か言ってませんか――おっかないものと付き合ったりしてないと抗弁するよりほかに――ジェセル先生について一言でも」

「いいえ、何にも。それにまた、きのう池の端でお聞きになったとおりですよ。あの場には誰もいないって、お嬢さんがおっしゃいましたでしょう」

「そりゃそうですが、あれを真に受けてるんですね」

「わたしから言い返したりはいたしません。ほかにどうしようも」

「ありませんよね。あんなに知恵の回る子供が相手なんですから。もともと素質があったところに、あの二人が――あやしげなお仲間のことですよ――なおさら知恵をつけてしまいましたからね。あれだけの子供なら、ちょっかいを出す甲斐《かい》もあったでしょう。で、フローラには都合のよい言い分ができたってことですから、もう徹底して利用するでしょうね」

「はあ。でも何のために？」

「それはもう、私のことを伯父さんにどう言うか――。いまの先生は極悪人だってことにするでしょう」

と言ったら、そのことがグロースさんの顔に出現して、私もぎくりとしました。伯父と姪《めい》がそろった場面を思い浮かべて、そのまま顔に出たらしいのです。「でも、旦《だん》那《な》さんだったら、先生をおおいに見込んでおられましょうに」

「それにしては——なんて、いま思いついたんですけど」私は笑って言いました。

「へんに試されてるみたいな気がします。でも構いませんよ。なんたってフローラが私と離れたがってるんですから」

するとグロースさんが遠慮のない相槌《あいづち》を打ちました。「もうお顔を見たくもないってことですね」

「というわけで、私がさっさと出て行くよう勧めにいらしたのかしら」これに答える暇をあたえず、私はグロースさんを制するように言いました。「それよりも私に考えがあります。熟慮の末と思ってください。たしかに私が出て行くのが妥当だと思われますでしょうね。また日曜日には、その寸前まで行ったのです。でも、それではだめ。ここを出るのは、あなたなんです。フローラを連れて出てください」

さすがにグロースさんも思案したようです。「といって、どこへ——?」

「ここを離れて、あの二人から離れて、また何よりも私から離れて、伯父さんのところへ」

「それでは先生が告げ口されるだけに——?」

「いえ、それだけにはなりません。私には良薬を残していってもらいましょう」グロースさんは見当をつけかねていました。「あの、良薬とおっしゃいますと？」

「まず一つは、あなたに信じていてもらえること。それからマイルズにも」グロースさんが、じっと私に目を合わせました。「じゃあ、先生、坊ちゃまはもう――？」

「もう反抗の機をうかがうことはない？　まあ、その疑念は捨てきれませんが、とにかく頑張ってみます。できるだけ早く、妹のほうを連れて出て、ここは私とマイルズだけにしてください」これだけの気力が残っていたのだと私自身がびっくりしたのですが、そういうお手本を見せたというのに、まだグロースさんが逡巡《しゅんじゅん》するらしいので、いささか心外ではありました。「もちろん、ひとつ大事なことがあります。フローラが出て行くまでに、二人を会わせてはいけません」と、ここまで言って気がかりになりました。池から戻ったフローラはおそらく厳しく見張られていたのでしょうけれども、ひょっとして手遅れということはないでしょうか。「もう会わせたというのではありませんよね？」

するとグロースさんは上気したような顔になって、「いえ、先生、わたしだって間が抜けてばかりじゃございません。何かの用事でお嬢さまから離れることが三度や四度はあったとして、その都度、メイドを一人つけておきました。いまは部屋にお一人ですけれど、ちゃんと鍵《かぎ》をかけてきましたし。ただ、そうは言っても——」いくらでも心配の種はあるようです。

「そうは言っても？」

「あのう、ほんとうに坊ちゃまのことは大丈夫でしょうか？」

「私が大丈夫と見込めるのはグロースさんだけです。でも、きのうの晩から、ちょっとした希望が兆《きざ》してもいるんですよ。マイルズが出口を見つけてくれようとしてるみたいで、まあ、そんなように思えるんです。まったく小憎らしいったらありゃしない。あの子、話したいことがありそうですね。きのうの晩は、暖炉の前で、じっと黙って、いまかいまかと思わせながら二時間も坐ってました」

グロースさんは、うっすらと明るくなる窓の外に、目をこらしていました。「で、どうだったんです？」

「だめでした。さんざん待ちましたけど、どうにもならなかったんです。沈黙は一度も破れませんでしたね。いま妹はどうなってる、どこにいる、というような話が出るはずもなくて、結局、おやすみなさいのキスだけで別れました。ともかくフローラを伯父上に会わせるのはよいとして、まだマイルズにはそこまで行かせられませんね。

こんな情勢なのですから、もう少し時間をかけてやりたいと思います」

これだけ聞かせても、なぜかグロースさんは踏ん切りがつかないようでした。「もう少しとおっしゃいますと？」

「そう、あと一日か二日、しっかり言わせるまで――。そうなればマイルズは私の側に立つということですよね。それが大事なのだっておわかりでしょう。もし何にも出なければ、ただ私の負けということ。あなたがロンドンのご本宅へ行って、できるだけのことをしていてくれたら、それだけで私にはありがたいです」と、こちらは手の内をさらしたのですが、どうなっているのやら、まだグロースさんが戸惑っているようなので、もう一つだけ、わかりそうなことを言いました。「まあ、出て行きたくない気持ちが強ければ、話は別ですけどね」

ようやくグロースさんがわかった顔になりました。誓約するように手が差し出されてもいます。「では、まいりますよ。さっそく朝のうちに発《た》たせてもらいます」

私はあくまで公正を期して、「でも、ここで様子を見たいとおっしゃるなら、フローラを私に会わせないだけのことですが」

「あ、いえ。このお屋敷がいけないんです。お嬢さまには出ていただかないと」グロースさんは、一瞬、私をずしりと目で押さえておいて、その先まで言いました。「お考えは正しいと思いますよ、先生。わたくしだって――」

「はい？」

「ここにはいられませんもの」

そう言ったグロースさんの目つきに、私はひょっとしたらと思わずにいられませんでした。「ということは、つまり、きのうから見えるようになった？」

グロースさんは重々しく首を振りました。「聞いてるんです！」

「聞いてる？」

「お嬢さまがおっしゃるんです――それはもう、空恐ろしいことを！」つらい話を吐き出したグロースさんから溜息《ためいき》も出ました。「ほんとなんですよ、先生、お嬢さまがおかしなことを――」こう言っただけでグロースさんは我慢できずに泣きだして、へなへなとソファに崩れました。以前にもありましたが、こんな悲しさにグロースさんは耐えられなかったのです。

さて、ここで私もまた口走ったことがあるのですが、まったく事情は違いました。

「ああ、よかった！」

すると跳ねるように起き上がったグロースさんが、涙をぬぐって呻《うめ》きました。「よかったんですか？」

「私は間違ってなかったんですもの！」

「あ、そうなんですよ、先生！」これほど大賛成してもらえるとは思ってもみませんでしたが、どこか引っ掛かる気もしました。「フローラはそんなに恐ろしいことを？」グロースさんは言葉に困っているようでした。「もう、たまげてしまいます」

「で、私のことを言う？」

「はい、そうなんです。お知らせしないわけにもいかないんで申しますが、お嬢さまが口にしていいようなことじゃありませんよ。あんな言い方をどこで覚えたのやら、見当もつかなくて──」

「私のことで憎まれ口をたたいた？　だったら見当はつきますよ」私は笑って割り込みましたが、この笑いは意味ありげに思われたでしょう。

グロースさんの顔がなおさら深刻になりました。「はあ、わたしだって初めて聞いたわけじゃありませんので、いくらか察しがついてもよさそうなものですが、そんなことは考えるだけでいやですよ！」そう言いながら、私が化粧台に置いていた懐中時計に目をやって、「そろそろ行きませんと」

これを私は引き止めました。「でも、それほどいやなのだとしたら──」

「どうしてお嬢さまと一緒にいられるのか、ですね？　それだから、なんです。どうにか引き離して差し上げないと。こんなことから遠くへ――あんなのから遠くへ――」

「それでフローラが変われる？　解き放たれる？」私はうれしくなってグロースさんにしがみつきました。「じゃあ、きのうのことがあっても、まだ信じてもらえる――」

「本当のことだったと？」あっさりした言い方でしたが、グロースさんの顔を見れば、もう念を押すまでもありませんでした。いままでになく踏み込んでくれたのです。

「そう思いますよ」

　まったく、うれしいことでした。いまなお友軍なのです。そうとわかっているならば、あとはどうでもよいくらいでした。グロースさんは私がここへ来た当初から頼れる味方でしたが、こうして窮地にいたっても、まだ支えてくれることに変わりはないらしいのです。もしグロースさんが私の誠意を請け合ってくれるなら、あとは私がどうとでも対処できるでしょう。しかし、いざ別れようとしたところで、やや間の悪いことがあると気づきました。「ひとつだけ、覚えておくべきかもしれません――。あの急報として書いた手紙が、あちらへ先着していると思うのです」

　どうやらグロースさんはさっきから言おうか言うまいか困り果てていたようです。

「お手紙でしたら、あちらには着いていないでしょう。出てないんですから」

「出てなくて、どうなったの？」

「もう何が何やらさっぱりで！　マイルズ坊っちゃんが――」

「そんな、あの子が取った？」私は息を呑《の》みました。

　グロースさんは言いよどむかに見えましたが、どうにか意を決して、「つまりその、きのう、お嬢さまと帰ってきて、ひょいと見ると、先生が置いたところに手紙がなかったのです。ところが夕方になってルークに聞いてみましたら、そんなのがあるとは知らなかった、もちろん手にしていない、と言うのですよ」これでは私もグロースさんと顔を見合わせて、たがいの胸中にさぐりを入れることしかできませんでした。先に答えを出したのはグロースさんです。「そうですよね！」と、ほとんど浮き立ったようでした。

「はい。あれを取ったのがマイルズだとしたら、もう読んでから廃棄したでしょう」

「そのほかにも、まだ考えられませんか？」

　と言ったグロースさんの顔を見る私に、ふと悲しい笑みが浮きました。「なんだか私より目が見えているみたいですね」

　まったくその通りだったのですが、グロースさんはさらに紅潮したような面持ちで、その見えていることを言いました。「こうなると坊っちゃんが学校でしでかしたこともわかりそうな気がします」そして単刀直入に言いながら、いやはやと嘆くように首をうなずかせたのです。「盗みを働いたのですね」

ここは考えどころです。慎重に判断したくなりました。「ええ、そうかもしれませんが——」

私があわてないので、グロースさんは意外に思ったのかもしれません。「ひとの手紙を盗んでたんですよ！」

私が冷静だったことに小難しい理屈はないのですが、グロースさんにはわからないようなので、どうせなら言ってやれという気になりました。「せめて今回よりは意味のある行動だったと思いたいですね。きのう玄関に置いた手紙なんて、一度お目にかかりたいと書いただけでしたから、あれをマイルズが読んだところで、まず得るものはなかったはず。これだけのためにこんなことまでしたのかと思えば、いまごろは恥じ入っているでしょうね。きのうの晩だって、打ち明けてしまいたいという気持ちがあって来たのでしょう」このときの私は、すっかり見通した、もう見えている、という気になっていました。「では、どうぞ、どうぞ」私はドアまで行って、グロースさんを送り出そうとしていました。「マイルズに言わせることにしますよ。ちゃんと向き合って、本当の話をさせます。そうなれば、あの子は救われる。あの子が救われたら——」

「先生も救われる？」と言ったグロースさんが私にキスをして、私も別れの挨拶《あいさつ》をしました。「坊ちゃまはどうあれ、わたしがお救いしますよ」グロースさんは大きく言って出て行きました。

# 第22章

いざグロースさんに出て行かれますと——すぐさま心細くもなって——いよいよ難関にさしかかったのだと思われました。マイルズと二人で残るのはどんなものかという計算をしていなくもなかったとして、その目安になる答えが出そうであることは即座にわかりました。一階へ下りましたら、すでにグロースさんとフローラを乗せた馬車が敷地の門を出て行ったと聞かされて、この館へ来て以来なかったほどの不安に襲われたのです。さあ、この世界の根源に立ち向かうのだ、という思いがいたしまして、その日はずっと、自分の弱さと戦おうとしつつ、われながら軽率の極みではなかったかという気にもなりました。かつてない窮地に陥ったと言いましょうか、ここに至って使用人たちも不可解な面持ちになっていることが見てとれましたので、なおさら身動きもままならない心境でした。びっくりした顔をされたのは、むしろ当然でありましょう。グロースさんがこれだけ唐突な行動に出たとあっては、どう言っても取り繕えるものではありません。屋敷内の男も女も一様にぽかんとしていました。それで私は心がぎりぎりと痛むばかりだったのですが、これを奇貨として前に進まねばならないと思うようにもなりました。しっかりと舵《かじ》を取ればこそどうにか難破せずにすんでいた、と言えば当たっていると思います。この朝、とにかく負けまいとする私は、つんと澄まして情緒を捨てていました。責任が重くたって結構ではないか、一人でも気丈なところを見せてやる、というつもりでした。そんな態度をとって、一時間から二時間ほど、うろうろと歩き回ったのです。いかなる事件でも来るなら来いという顔になっていたことでしょう。いわば病んだ心を見せびらかして――見る人が見ればわかるとして――歩いたようなものでした。

　ところが、そんな見る人になるはずもなかったのが、午前中のマイルズでした。あれだけ私が歩き回ったというのに、どこへ行ったのやら、ちっとも見かけなかったのです。ただ、ともかく歩いたおかげで、私とマイルズの関わり方が変わってきたことは、だいぶ人の目に立っていました。なにしろ前日にピアノを弾いたマイルズは、まんまと私の目をごまかし、フローラの手助けをしていたのですから、何も変わらないというわけにはいきません。また、フローラを隔離してから出発させたということで、それだけでも事は明るみに出たようなものでしたが、この日は教室での勉強をしていませんでしたので、私とマイルズがおかしくなったことは容易に見てとれたでしょう。

私が一階へ下りようとして、その前にマイルズの部屋のドアを押してみたら、もう姿はありませんでした。下りてから聞いた話では、すでに朝食はすませたようでした。グロースさんとフローラが一緒で、メイドも二人ついていたとのこと。それから散歩に行くと言って出たそうです。だとしたらマイルズの考えがよくわかります。私の任務が従来とは様変わりしたと見なしているという、この上ない証左になりましょう。では私にどうせよと言いたいのか、それはまだ定かではありませんが、ともかくも、ひねくれた安心感はありまして――私にとっては安心、という意味が大きいのですけれど――もう体裁を気にしなくてよくなったと思えたのです。ここへきて表面化したものは多いとして、その中でも、まだ教えることがあるという虚構にこだわるのは愚である、ということが目の前で飛び跳ねるようにわかったと言ってよいでしょう。むしろマイルズのほうが私の面目を潰《つぶ》すまいとして呼吸を合わせ、私からはマイルズの得意分野でまともに張り合うのは大変だという意を伝えていた、そんな構図が浮いたのです。いずれにせよ、マイルズが得たという自由について、私はどうこうと口を出しませんし、そうと昨夜のうちに充分わからせていました。つまり、教室に入ってきたマイルズに、私は何も言わなかったのです。いままでどこで何をしていたのか、あけすけにも遠回しにも問いませんでした。それよりは私なりに考えることがあったのです。しかし考えたとは言っても、はたして実行できることなのか、ただでさえ困っているのになおさらややこしくするのではないかとも思われて、ようやくマイルズが戻ってきた昼食時には、つくづく難しいと感じました。これまでの経過がどうであれ、見た目には染《し》み一つなく、影すらも落ちていない、あの美しい子供のままだったのです。

　この館の品格を養っていく姿勢として、私はマイルズとの食事を一階の「大人の食堂」でとることにしたいと申し渡しました。そんなわけで重々しい豪華な部屋でマイルズが来るのを待つという形になったのです。いつぞや恐ろしいものを見た日曜日を思い返せば、この部屋の窓の外でグロースさんから初めて聞いたことがあったのでした。光を照らされたとまでは言えないとしても、ちらりと垣間見《かいまみ》るような気はいたしました。いま私があらためて感じたことは——もう何度もありましたので、あらためて、と申し上げるのですが——もし私が心の平衡を保てるとしたら、どれだけ意志を固くしていられるか次第であるということでした。私が取り組まねばならぬ相手は、忌《い》まわしくも、この世の自然に反しています。そうだとしたら私は意志の力で目を閉ざさねばなりません。私が信頼して、計算に入れておくのは、あくまで「自然」なのです。私を苦しめている怪事件は、もちろん異常な、また不愉快な方向に押す力として作用します。しかし、ねじを回転させて、ひとひねりでも前へ進めるように、まともな人間性を働かせるならば、しっかりと立ち向かうこともできましょう。そう考えるしか道はありませんでした。とはいえ、私だけが自然の側に立つとしたら、これほどに難しい作戦もないのでして、もし仮にも自然のありようを考えるのであれば、いままでの出来事はなかったことにするしかなくなって、それは私には無理があります。かと言って、そうしなければ、おぞましき暗黒の領域にもう一度飛び込むことになるでしょう。ところが、しばらくすると一つの答えらしきものが出ていました。なるほど正解だったようですから、どれだけマイルズが稀有《けう》な子であるのかを目《ま》の当《あ》たりにする思いだったと言うしかありません。この時点にあっても——授業中にはよくあったことですが——さりげなく私をお役御免にする妙手を思いつくようでした。となると光明もあるのではないでしょうか。こうして二人だけになった時間に、いままでになく、まことしやかに誘いかけるような光を帯びて、ちらりと見えたことがあったのです。つまり（これは機会に恵まれないといけないことですが、いまこそ機会到来として）こんなに才能のある子が相手なら、ずばり知性としか言えないものを逆手にとって利用しない法はないでしょう。マイルズに天賦《てんぷ》の才があるなら、マイルズを救う役に立てればよいのです。その精神に届くためには、痩《や》せ腕なりとも思いきり伸ばして、子供の性格を絡《から》めとってしまいましょう。そして、ようやく食堂で顔を合わせたマイルズは、まるで自分から道を示してくれたようなものでした。食卓にはローストマトンが出ていて、私はメイドに給仕にはおよばないと言ってありました。マイルズは着席しようとする手前で、一瞬、ポケットに手を突っ込んだまま立ち止まり、肉の塊に目を落としていましたので、何やら気の利《き》いた評論でもするのかと思いましたが、出てきた言葉は違うものでした。「あのう、先生、それほどに具合が悪いって本当なんですか？」

「え、フローラのこと？　なかなか治らないというほどでもないわね。しばらくロンドンにいれば良くなるでしょう。このブライは合わなくなったみたい。じゃ、自分で食べるだけお取りなさい」

マイルズはすばやく反応して、しっかりと持った皿を運んでいき、席につくと話を続けました。「ブライが合わなくなったって、それほど急なことなんですか？」

「案外そうでもなかったのよ。兆候はあったようね」

「じゃあ、あらかじめ行かせればよかったのに」

「あらかじめ？」

「行くのが大変にならないうちに」

私はさらりと答えていました。「まだ大変なほどではないの。うかうかしてると大変になったかもしれないわね。いい頃合いだった。旅をすれば邪気も払えるでしょうし――」われながら上出来でした。「さっぱりするわよ」

「ああ、はい」と言ったマイルズも、上出来には違いありませんでした。また食事時の所作は立派なもので、学校から戻された初日以来、この愛らしい「テーブルマナー」のおかげで、私は口うるさく指導する手間を免れていました。放校処分の理由が何だったにせよ、食べ方がきたないというのではなかったでしょう。この日もまたマイルズに文句のつけようはありませんでした。しかし、いつもより自意識が強まっていたことは間違いないと思います。ことさら一人で大丈夫という顔をしたがっていたようで、勝手のわかる場面であれば安心したようにおとなしくなりました。昼食はごく短い時間で終わりました。私は食べる体裁だけ整えたようなものです。ただちに食器を下げてもらいました。その間、マイルズはまたポケットに手を入れて、私には背を向けて立っていたのですが――大きな横長の窓の外を見て立っていたのですけれども、それこそ過日の私がぎくりとするものを見た窓でした。メイドが食堂にいる間は、私もマイルズもじっと黙っていました。おかしなことを思いついたもので、なんだか新婚の夫婦が宿屋に着いてから、給仕人の前では照れて黙っているようだという気がしました。マイルズが私に振り向いたのは、メイドがいなくなってからです。「ええと、これで二人きりですね！」

# 第23章

「ええ、まあね」私が浮かべた笑顔は薄弱なものだったろうと思います。「二人だけとは言いきれないし、それじゃ困っちゃうでしょう」

「ええ、そりゃまあ、ほかの人もいます」

「いるわ――。たしかに、ほかの人がいる」

「でも、いることはいるとして」マイルズはすぐに答えを返しました。まだポケットに手を突っ込んで、じっと立ったまま動かなくなっています。「あんまり意味ないですよね？」

私もせいぜい切り返そうとしたのですが、迫力には欠けました。「あ、ん、ま、りの意味にもよるけど」

「そうなんです」ここは勢いよく賛同されました「何でも場合によりけり！」それだけ言うと、またマイルズは窓のほうへ顔を向けて、まもなく窓辺に歩み寄ったのですが、何やら考えて忙《せわ》しそうなマイルズらしい足取りになっていました。しばらく窓辺に立って、おでこをガラスに押しつけ、おもしろくもないはずの庭木や、わびしい十一月の風物をながめていたようです。私はよく「仕事」の道具で体裁を整えることがありました。このときはソファへ行って編み物をする格好で坐りながら、すでに申し上げましたことですが、いままで子供たちが何かに関わって私だけが除外されるという苦しい場面では何度となくあったように、今度もまた最悪の事態に備えようとする心境になっていました。ところが、こちらに背中を向けたマイルズが、どこか困ったような後ろ姿にも見えたので、どう解釈したらよいのかと頭をひねっていますと、ある特異な印象に見舞われました。つまり、いま私は除外されていないと思ったのです。ほどなく、そのように痛感されたばかりか、これと連動するように、もし除外されているとしたらマイルズだという直感も働きました。四角い枠に区切られた大きな窓は、マイルズから見れば失意の形象だったでしょう。ともかく、いま私が見るマイルズは、閉じ込められているか、閉め出されているか、どちらかのようでした。立派に身を処していましたが、やはり平常心ではなかったでしょう。そうと見た私は、これなら脈があると思いました。マイルズは怪奇の窓口の前に立って、見ようとするものが見えなくなっているのではないでしょうか。また、そんな衰退というべき現象を、いま初めてマイルズは思い知ったのではないでしょうか。そう、まったく初めてのことです。

だとしたら、すばらしい予兆になる、と私は思いました。マイルズも気を張っているでしょうが、しかし不安げでもあります。また不安と言うなら、きょうはずっとそのようだったはずで、いつもながら食卓では愛すべき所作を見せていたものの、あの非凡な才能を振り絞って、やっと上辺を取り繕っていたのでした。ようやく私に振り向いたマイルズは、さしもの天才児も参ったらしい風情《ふぜい》に見えました。「あの、僕にはブライが合ってくれてよかったです」

「どうやら、この二十四時間、いままでになく、たっぷりブライを見てまわっていた、というところかしらね」私は思いきって言いました。「それで楽しかったのならよいけれど」

「ええ、それはもう。ずっと遠くまで行きました。ぐるっと大回りして、何マイルも。こんなに自由だったことはないです」

まったく個性の強い子でして、ついていくのは大変でした。「じゃあ、ここが気に入ってる?」

マイルズは笑みを浮かべて立っているだけでした。それから「先生は、そうなの?」と返してきたのですが、たったこれだけの返事にここまで格差の意識が響くのを、私は聞いたことがありませんでした。すると私が応じようとする暇もなく、さすがに言い過ぎたと思ったのか、やわらげるような口をきいて、「先生は立派ですね」と言いました。「僕ら二人がここに残って、もちろん先生のほうが一人になった気分でしょうに、ちゃんと平気でいられる。でも――」と、ひょっこり言ってのけます。

「先生はたいして構わないんですよね」

「あなたと関わっていることに？　そりゃ構ってますよ。いまさら付き添い役をもって任ずるなんてことはないけれど――あなたは私を越えてしまっていますからね――でも一緒にいて楽しいことだけは確かね。さもなくば、ここにいても仕方ない」

マイルズはじっと私に目を合わせてきました。だいぶ真顔になっていましたが、こんなに美しい表情を見せたことがあったろうかと思いました。「それだけのことで残ってる？」

「ええ、そうよ。あなたの味方として。それに気になってたまらないから。もっとあなたにふさわしいことがあるまでは私がいる。おかしくはないでしょう」私は声が震えて、どうにも抑えがきかなくなりました。「あの嵐《あらし》の晩に、私が言ったこと覚えてるかしら。あなたの部屋へ行って、ベッドに腰かけて、あなたのためなら何でもしてあげるって言ったわよね」

「ええ、覚えてます」マイルズも緊張の度が増すのを隠しきれず、ある一定の声を保とうとしていましたが、私よりは上出来だったようで、重苦しいながらに笑い声を上げて、軽口をたたき合うような体裁をとっていました。「でも、何かしてくれるんじゃなくて、何かさせようと思って来たんでしょう」

「そういう面もあったけど——。でも、うまくいかなかったわ」

「あ、はい」むやみに明るく上滑りした返事でした。「何か言わせようとしたんですよね」

「そうなの。ずばり言ってほしかった。心の思い、っていうようなもの」

「じゃあ、つまり、そのために先生は居残ってる？」

マイルズの口ぶりは、愉快そうでありながら、くやしさが滲《にじ》んで揺れるようにも聞こえました。もはや降参が近いという気配もほんのりと感じられたのでして、そうと知った私がどんな心地だったのか、とうてい言葉にはできません。ずっと望んでいたことが、いまここで来たのかという驚きがありました。「そうね、白状しましょうか。ずばり、そのため、なんですよ」

マイルズがしばらく何も言わないので、私が拠《よ》って立つ論法を撥《は》ねつけるつもりなのかと思っていたら、ようやく次のことを言いました。「いま、ここで、っていうこと？」

「これほどの時と場合はないでしょう」するとマイルズは不安げに目を泳がせて、めずらしい印象が——そう、おかしな印象が——出てきたのです。このマイルズにしては初めて、差し迫った恐怖を覚えているのではないかと見えたのでした。まるで急に私がこわくなったようでもあり、そうであるなら上々の成果ではないかとも思われましたが、ひと思いに攻めるべきところで、私は心を鬼にしきれず、次の瞬間には異様なほど優しい言い方をしていました。「そんなにまた出て行きたいの？」

「すっごく！」マイルズは勇敢な笑みを見せまして、それだけでも健気《けなげ》であるのに、つらそうに顔を赤くするのですから、なおさら痛ましいものがありました。マイルズは持ってきた帽子を手にとって、くるくる回しながら立っていましたが、その姿を見ていますと、私はもう少しで最後まで漕《こ》ぎつけると思いつつ、自分がねじ曲がった恐ろしいことをしようとしているのではないかとも思われてなりませんでした。これを是非にも遂行するとしたら一種の暴力になるでしょう。いたいけな子供が、人間関係とはどれだけ美しくなれるものなのか知らしめてくれていたというのに、そこへ下劣な悪徳の考えを押しつけることにほかなりません。こんな上品に出来上がった子に、その柄にもない無理な処遇をするのは浅ましいことではなかったでしょうか。ただ、この段階では見えなかったものが一つあったはず。いまの私にはそのように思われます。つまり、すでに私たちの目には、来たるべき苦痛の予告となる光が映っていたのではないかと、いまにして思うのです。私たちは、いわば接近戦をためらうボクサーのように、どちらも踏み込んでいけない不安があって、じりじりと回っていました。とはいえ相互に気遣って怖《おそ》れたのです。そうであればこそ、まだ当面は、手が出ないだけに無傷ですんでいました。「何でも話します」マイルズが言いました。「あの、先生が聞きたいことは何でも。だって先生はここに残るんだし、僕と二人でうまくやっていくんですから、僕は何でも言います。言うことにします。でも、いますぐじゃありません」

「どうして、すぐじゃだめなの？」

私が納得しないので、またマイルズは窓辺に寄りついて黙りこくり、しばらく私たちはぴたりと静まっていました。そのうちに私のすぐ前に戻ったマイルズが、ちょっと都合があって外に人を待たせている、という素振りを見せていました。「ルークに会わないと」

こんな粗末な嘘《うそ》をつくまでに追い込んだはずはないのに、と思うと情けなくてたまりませんでしたが、おぞましいとはいえ、もしマイルズが嘘をつくなら、私の考えることが正しいという裏付けにもなります。私はじっくり考えながら編み針を二度三度と運びました。「だったら、お行きなさい。私は待っててあげる。あとで聞かせてくれればいいわ。でも、その代わり、ずっと小さな用事を、先に済ませてもらいますよ」

マイルズは、これだけ上首尾なら少しくらい妥協の余地はある、という顔でした。

「ずっと小さな――？」

「そう、全体の中では、ほんの小さなこと。あのね――」うっかり編み物に気を取られた分だけ、私の言葉が走り出ました。「きのうの午後、玄関のテーブルから取ったんじゃないかしら。私の手紙があったでしょう」

# 第24章

これをマイルズがどう受けるか見ようとしたのに、その私の感覚が、しばらく正常な働きを失うことになりました。集中力が破断されたとしか言いようがありません。その一撃によって、まず飛び上がった私は、がむしゃらに動いてマイルズをつかまえ、ぎゅっと引き寄せていたのですけれど、さらに手近な家具を支えにしながら、マイルズには背中を窓に向けさせるという本能が働いていました。この場で私を悩ませたことのあるものが、いままた眼前に迫っていたのです。ピーター・クイントが監獄の番人のように出ていました。まもなく、やはり窓の外にいるのだと気づきまして、ガラス窓にくっつきそうな顔が室内に睨《にら》みをきかせ、またしても蒼白《そうはく》な堕地獄の醜貌《しゅうぼう》を見せつけていることもわかりました。このとき私の内部に何が生じたのでしょうか。すぐに心が決まったと言うだけでは、まったく大雑把に伝えていることにしかなりません。とにかく女があれだけの衝撃を受けながら、あれだけの短時間に次の行動を見定めたという例はないでしょう。いきなり突きつけられた恐怖の真《ま》っ只中《ただなか》で、とっさに思いつくことがありました。こんなものと目を合わせてしまっていますが、せめて子供には気づかせずにおきたいと思ったのです。とっさに霊感として、としか言いようがなく閃《ひらめ》いたのは、どれだけ意志の力によっても、意志を越える力によっても、そうすればよいということでした。ある人間の魂をめぐって悪魔と戦うようなものです。そのように判断をつけておいて、いま私が震える手を出して押さえている魂を見れば、かわいらしい子供のおでこに結露したような汗が浮いていました。こうして私の目の前にある顔は、窓ガラスにくっついている顔とも変わらないほど白くなっていて、ほどなく、その顔から聞こえてきたのは、低くも弱くもないのに、ずっと遠くから届いてきたような声でした。それを私はふわりと漂った芳香のように吸い込んだのです。

「はい――僕が手紙を取りました」

これを聞いた私は、思わず歓喜の声を洩《も》らして、マイルズを包み込むように引き寄せ、胸に抱きしめておりますと、急に熱くなったような小さな身体《からだ》の、その小さな心臓が強烈に鼓動するのを感じたのですが、その間にも私は窓の外にいるものから目を離さず、それが姿勢を変えるのを見ていました。まるで監獄の番人だと申しましたが、じわりと回るところなどは、思惑がはずれた野獣のようでもありました。しかし私のほうでも俄然《がぜん》勇み立っておりましたから、いわば燃える火にシェードをかざすように、あからさまに血気を見せまいとしたくらいです。さて、ぎらぎら燃えるような凶相の顔が、ふたたび窓にへばりついていました。こちらの様子をうかがうように、じっと立っていたのです。それでも私が先へ進めたのは、いまはもう負けないという自信があり、いまなお子供には気づかせていないという確信も出ていたからでした。「どうして取ったりしたの？」

「先生にどう思われてるか知りたくて」

「手紙の封を切った？」

「切りました」

私は、また少しだけマイルズを離していましたので、その顔をまじまじと見ることもできました。ふざけた表情が崩壊して、不安に蹂躙《じゅうりん》された顔であるのは歴然としています。いま私はうまく事を運んでマイルズの感覚を封じていました。これは上々の出来でして、マイルズは何かを察知して交信するという状態ではなかったのです。どこかおかしいとは思ったでしょうが、何が来ているとはわかっていませんでしたし、いわんや私が気づいていて、その正体まで知っているとは思いもよらなかったでしょう。さらには私が窓に目を戻すと、そんなことはどうでもよくなってしまいました。もう妖気《ようき》は失《う》せて――私の大手柄ということで――悪の力も消えていたのです。何もなくなっていました。やはり私は正しかった、もうこっちのものだ、と思いました。「で、何も書いてなかったでしょう?」私は浮き立つ気分を抑えきれませんでした。マイルズはまったく嘆かわしそうに、考え込んだように、小さく首を振りました。

「何にも」

「ない、ない!」私は歓喜の叫びを上げそうになりました。

「ない、ない」マイルズが悲しげに反復します。

おでこにキスをしてやると、じっとり濡《ぬ》れた感触がありました。「それから手紙はどうしたの?」

「燃やしました」

「燃やした?」こうなったら、いま聞くしかないでしょう。「学校でも、そういうことをしてたの?」

ああ、ここからどんな結果になってしまったか!「学校で?」

「ひとの手紙でも、ほかのものでも、取ったりしたの?」

「ほかのもの?」マイルズは何かしら遠くにあることを考えるかに見えました。それは不安感に絞られるように、やっとマイルズに届くのでしたが、とにかく届いたのです。「盗んだってこと?」

私は顔全体が真っ赤に熱くなるのを感じつつ、こんなことを紳士に問うとしたら、そのほうがおかしいのではないかと思う自分を意識しました。もし余裕ある受け止め方をされたら、それだけ堕落したと見るという、そんなことでよいのでしょうか。「だから学校へ戻れなくなったの?」

マイルズの感想は、いささか拍子抜けするものでした。「僕が戻れないのは知ってた?」

「すべてお見通しよ」

するとマイルズは、とんでもなく長く、また奇妙きわまりない眼差《まなざ》しを向けてきました。「すべて?」

「すべて。だから聞くんだけど――」私はもう一度言おうとして言えませんでした。

それをマイルズはあっさりと口にしました。「いえ、盗んでません」

もし私の顔を見れば、私が信じて疑わないことは、マイルズにもわかったと思います。ですが私は両手で――ひたすら優しくなろうとしたからこそ――マイルズを揺さぶっていて、まったく何事もなかったのなら、なぜ私を何カ月も苦しめることになっていたのかと手が問うているかのようでした。「じゃあ、何をしたの?」

マイルズは、どことなく切なげに天井をぐるりと見回して、二度三度と大儀そうに息を吸い込んでいました。もし海の底に立っていて、緑がかった微弱な光に目を上げるとしたら、こんなものでしょう。「あの、口を滑らせたことがあって」

「それだけ？」

「それで充分と思われたみたいで」

「だから追い出された？」

放校処分を受けたのに、それしか理由を思いつかないという事例は、この少年を措《お》いてほかにないでしょう。マイルズは私の質問の意味を考えるかに見えましたが、もう気持ちが離れかかって、仕方ないと思っているようでもありました。「ええ、黙ってればよかったのかも」

「しゃべった相手っていうのは？」

マイルズが思い出そうとしたのは間違いなさそうですが、だめでした。すっかり忘れていたのです。「わかりません」

すっかり降参のマイルズは、悄然《しょうぜん》として苦笑いのような顔になりました。もはや全面降伏と言ってもよいのですから、そろそろ打ち止めにしてやればよかったのかもしれません。でも私は舞い上がっていました。勝ったつもりで目がくらんでいたのです。もうマイルズをこちらへ引きつけていられたかもしれないのに、なおさら遠ざけるだけになってしまいました。「みんなに言ったの？」

「いえ、そういうわけでは——」と言いながら、マイルズはうんざりしたように小さく首を振りました。「いちいち名前まで覚えてなくて」

「そんなに多かった？」

「いえ、ほんの少しだけ——いいやつと思えた何人か」

いいやつと思えた？　そう聞いた私は、すっきり合点するのではなく、かえって深い闇《やみ》に入り込むようでした。まもなく、かわいそうな子だと思うところから、ぞっとする警戒心が出ていました。マイルズは無実かもしれないのです。そんなことを思いつけば愕然《がくぜん》として、底抜けの恐ろしさがありました。もしマイルズが純真なら、いったい私は何なのでしょう。この疑問がちらついていると、もう私は麻痺《まひ》したようになって子供を抱きとめる力も緩みましたので、ほうっと息をついたマイルズは、また私から顔をそむけました。いまはマイルズが窓を向いても、すっきりして何もないのですから、この子から隠すべきものはないと思っていられました。いくらか間をとってから、「じゃあ、言ったことを、ほかで言いふらされた？」と続けたのです。

ほどなくマイルズは私から少しだけ離れていました。まだ息を弾ませていて、もう怒ってはいないものの、なかなか解放してもらえないのは不本意だという気分はあったようです。もう一度、さっきと同じように、くすんだ外の光に目をやっていましたが、これまでマイルズを支えていたものはあらかた失われて、口に出せない不安だけが残っているかのようでした。それでも「ええ、まあ」という返事がありました。

「そうだったんだと思います。そいつらが仲間に言ったんですよね、きっと」

そんな程度のことだったのか、という思いはありましたが、さらに私は考えました。

「じゃあ、そういうことが回り回って――」

「学校の先生に知られた？　そうなんです」あっさりした答えでした。「でも、そっちから伝わるなんて」

「学校の先生から？　何も言われてませんよ。だから、いま聞いてるんじゃないの」

ここでまたマイルズは、美少年が熱を帯びた顔を向けてきました。「ええ、ひどかったです」

「ひどい？」

「僕が言ってたみたいなこと。ひどすぎて家庭への手紙には書けなかったんでしょうね」

この子がこんなことを言うのですから、人物と発言の落差がありすぎて哀愁すら漂っていましたが、それを何と言えばよいのか、いまの私には次の瞬間に自分の声を聞いていたとしかわかりません。素朴に口走っていました。「そんな馬鹿《ばか》な！」でも、さらに次の瞬間には、厳しい口調になっていたと思います。「そもそも何を言ったんです？」

この厳しさは、マイルズに審判を下して退学処分を決めた人に向けたつもりでした。ところが、それでまたマイルズが顔をそむけてしまうので、私は思わず飛び上がって叫び声を上げ、マイルズを抱きすくめました。またしても窓ガラスの外に見えていたからです。マイルズの告白を邪魔して、私への返答を阻《はば》もうとするかのように、これまでの苦痛の元凶たる怪人の、地獄に落ちた白い顔がありました。ようやく勝ったはずの局面が崩れて、また初手から争わねばならないと思えば、もう頭がくらくらいたしましたが、それで見境もなく動いてしまったのは、はしなくもマイルズに勘づかせる失策でしかありませんでした。飛びついていったさなかにも、これで悟られるかもしれないと見たほどです。ところが、まだマイルズにとっては推測の域を出ず、その目に窓の怪異は映っていないことがわかりましたので、もし見えずに戸惑っているのなら、それこそマイルズが解放された証拠とすればよいという思いが燃えました。「もうおしまい、だめです、だめ」私はマイルズを抱きしめながら、外来の男に叫びました。

「あれ、来てるの？」マイルズは視野を封じられていながら、私が言葉を放った方向に見当をつけて、息苦しそうに言いました。この不可解な言い方に驚愕した私が息を喘《あえ》がせて反復すると、マイルズは憤慨したように「ジェセル先生なんでしょ！」と言い返したのです。

これには呆然《ぼうぜん》としましたが、マイルズがそう思うのなら、この機を逃すわけにはいきません。フローラへの措置の続篇のようなものです。ただ、あれよりはましだと知らしめてやらずにはいられませんでした。「ジェセル先生じゃありませんよ。でも窓の外に来てます。いるのよ、すぐ前に――おぞましい卑劣漢。これでもう最後だわね」すると、たった一秒の間にマイルズは匂《にお》いを追いきれなくなった犬のように首を動かし、また空気と光を求めるように、その首を小さく夢中で揺すったのでしたが、それから白熱した怒りを私に向けて、わけもわからず目だけを光らせて室内を見回しました。でも私には毒気が充満するように思えるほどの、この大きく押しかぶさってこようかという存在が、マイルズにはまったく気づかれていないのでした。「じゃあ、男？」

私は、この際、証拠をそろえてしまおうと、きらめく氷のように冷たくなって問い詰めました。「男って誰のつもり？」

「ピーター・クイント——ひどいよ！」マイルズはふたたび部屋を見回し、ゆがんだ

顔に訴えるような色が浮いていました。「どこなの？」

いまでも私の耳に響くようです。この名前をマイルズが白状するにおよんで、つい

に私の尽力が報われたのでした。「もういいでしょう、これで私のもの。おかしな関

わりはなくなりました。こちらのものです」私は野獣に鎗《やり》を投げるように言いました。

「もう一切あなたには無縁です！」そして、この戦果を見せつけようと、「さあ、ほ

ら！」とマイルズに言いました。

でも、すでにマイルズはぐいっと首を回していて、目を見開いて、その目をぎらつ

かせて見たというのに、窓の外には静かな午後の日があるだけでした。この欠落は私

にとっては誇らしいものでしたが、それで打ちのめされたマイルズは、奈落《ならく》の底へ突

き落とされる動物のような叫びを上げました。これを引き戻してつかまえたのは、転

落の途中で手づかみにしたようなものかもしれません。そうです、つかまえて、抱き

しめたのです。どれだけの情熱を込めていたことでしょうか。しかし、一分ほどの時

間がたって、いま抱きしめているものの実体がわかってきました。私たちには静かな

午後の日があるだけで、マイルズの小さな心臓は、もう呪縛《じゅばく》を解かれて、止まってい

たのです。

## 訳者あとがき

やれやれ、ともかくも終わった、という心境である。ヘンリー・ジェイムズの小説、とくに後期の諸作には、きわめて難解という評判がつきまとっている。『ねじの回転（*The Turn of the Screw*）』が世に出たのは一八九八年。ジェイムズは五十五歳になった。幼少時からアメリカとヨーロッパの間で移動の多い暮らしだったが、この時期にはロンドンに居住して、まもなくイングランド南東部、ライという町の古いレンガ造りの館《やかた》に移ることになる。右手が痛いのは作家の職業病だ。もう執筆は手書きではなく口述になって、それを記録係がタイプライターで打っていた。

前年の九月から十二月にかけて、急速な口述が進んだ。すでに作家人生は円熟した後期に入ろうとして、物語は視点人物が見たようにしか語られず、その主観的な語りに含まれないものは読者にはわからない。語られたことが完全に信用できるかどうかもわからない。そういう曖昧《あいまい》なことが精妙にして複雑な文章で書かれるので、少しずつパズルを解くように読むしかない。逆に言えば、パズルが好きな人には、じっくり考える楽しみがある。もともと『ねじの回転』は一般雑誌に発表され、まるで百物語の怪談のように始まるのだから、たしかに娯楽としての側面はあるだろう。実際、ジェイムズの作品では人気の高いものである。だが、序章を読むかぎりでは、しっかりした聴衆だけに語ればよいと言っているようにも思える。

いや、ともかくも翻訳の作業は終わった。それで「あとがき」を書こうとするのだが、ここでは『ねじの回転』という作品に絞って話を進める。文学史に名高い作家について、その概論を訳者が「あとがき」で代行しなくても、興味のある読者には、いくらでも情報が得られよう。どうせ訳者が書くなら、仕事中に気になっていたことを、制作現場のエピソードのような調子で披露するのがよいと思う。それにまた、ねじの回転によって訳者の神経はぎりぎりと締め上げられている。いまから壮大なジェイムズ論を書くというのは拷問《ごうもん》に等しく、古屋敷の幽霊よりもずっと恐ろしいとしか言えない。

しかし冗談ではなく、〈ねじの回転〉には人を苦しませる意味があって、〈ひどい状況下で、なおさら無理を強いること〉という成句になっている。この作品では、いくらか違った使い方で二カ所に出る。どちらも“another turn of the screw”という形をとって、まず序章では、物語に趣向を添える仕掛けとして〈さらに一ひねりした効果〉、それから第22章では、人間が怪異に立ち向かっての〈もう一踏ん張り〉というような意味を持たされる。いずれにせよ、くるりと回すのではなく、ぎゅっと締めつける語感で考えるべきだろう。また英語の“screw”は日本語の〈ねじ〉よりも多義的なので、一度は大きな辞書を引いてみることをお勧めする（その多義性の中でも、いま訳者が気にしているのは、最終章でクイントが「監獄の番人のように」出ることだ）。

そのほか、読書案内になるかもしれないことを、二つ、三つ、かいつまんで記すと

・いわゆるヴィクトリア朝時代の階級意識、道徳意識を基盤にした物語である。語り手は田舎牧師の娘であって、雇用主から見れば下の階級だが、家庭教師として赴任した先では、家政婦その他の使用人より上の立場になる。

・幽霊は出なかったという解釈もある。評論家エドマンド・ウィルソンが、すべては家庭教師の妄想にすぎないという見解を述べてから、出た、出ない、の論争が続いたが、どちらとも言えるという線に落ち着くしかなかった。

・序章で「私」と言っている男、過去の記録を読んで聞かせるダグラス、その手記を書いたとされる家庭教師だった女――。読者は誰の声を聞いているのか、どこまで声を信じるのか。いわば読者参加型のミステリー、またはリアリズム風のだまし絵。

どう見たらよいのか、はたして幽霊は出たのか、という解釈上の一大事は、訳者にとっては（おおいに割り切って言えば）たいした問題ではない。それは読者に迷ってもらえばよいことだ。読んで迷わないように訳したら、かえって原作を裏切っている。語られることのすべてに筋が通るというものではない。また、おそらく『ねじの回転』という小説は、もし異なる翻訳を読みくらべたら、どこもかしこも表現の違いが目立つだろう。ほとんどは字句に関する解釈の差、つまり訳者が原文をどう読んだかという違いであるはずだが、こんな面倒な文章には読む人の数だけ解釈があるとでも居直りたくなる。

だが訳者だからこそ見逃せないこともある。作品は曖昧であってもよいとして、テキストとしての曖昧さ、おかしな矛盾は避けたい。テキストの異同から矛盾が生じるとしたら、きちんと理屈で解決しておきたいと思うので、使用したテキストの説明も兼ねて、あえて一つだけ細かい議論をする。やっと少しずつ前に進めるような、ねじの回転とはよく言ったものだというような、訳者泣かせの文体の一端を伝えたい意図もある。また、そこから別の論点を引き出そうとする計算もある。

原作には大きく言って三種類のテキストがある。まず最初はニューヨークの雑誌『コリアーズ・ウィークリー』に、一八九八年一月から四月にかけて、十二週の連載として発表された（現在では復刻版が出ている）。この雑誌の性質として挿絵入りだったのだが、五カ所に大きなイラストがあって訳者には意外に役に立った。語り手がいる情景をそっくり見ることができる。距離感のヒントにもなる。文章を読んでいるだけでは、いつも語り手の目で見るようにしか見えない。

書籍の体裁をとったのは同年十月で、別作品との合本として『二つの魔術』という題名により、イギリスのウィリアム・ハイネマン社（アメリカではマクミラン社）から発売された。そして一九〇八年、実際には英米で刊行されながらニューヨーク・エディションと通称される自選集の第十二巻に、最終版が収められた。ニューヨーク・エディション（正確には *The Novels and Tales of Henry James* [1907-1909]）は、晩年のジェイムズが自作に改訂を施し、また解説も加えた全二十四巻（ただし全集ではない）として整えたことから、以後はジェイムズの著作として決定版と考えられてきた。以下、便宜上、次のように丸数字で略記する。

『コリアーズ・ウィークリー』……①（一八九八年）
ウィリアム・ハイネマン社……②（①から半年後）
ニューヨーク・エディション……③（①②から十年後）

②③のそれぞれに字句の変更が見られて、多くはニュアンスの差と言えるが、明らかな違いもある。たとえば①では六歳だったフローラが②からは八歳になった。そのほか大小合わせて（ある学者によると）変更の箇所は五百にも及ぶ。ただ、必ずしも最終版が最善だとは言いきれないようで、ジェイムズの専門家の間でも三者にどれだけ有意な差があるのか見方は分かれているらしい。また訳者の立場で言っても、ところどころで字句の違いがあるからといって、そのたびに翻訳を左右されるというものではない。もちろん別のテキストを参照することで読解を助けられるという場合も（たまには）ある。

この新潮文庫版の底本には、主として②を使いながら、①と③も援用することにした。本来は③に依拠するのが順当なのだろうが、③には字句の変更のほかに明らかな特徴がある。読点《カンマ》が大幅に（ここまで消すかと思うほどに）減っているのだ。これは誰が見ても否定できないだろう。そして、これだけでも常用したくない理由になる。ただでさえ読みにくいジェイムズの文章で読点が減ったら、たまったものではない、というのが正直な楽屋話である。

さて、ここで先ほど「テキストの異同から生じる矛盾」と言ったことに戻って、翻訳にも確実に影響する好対照の二例を挙げる。いずれも語り手と家政婦が室内で話し合う場面として、第6章と第8章に出ている。原文では相談の場所が一定しないのだが、この翻訳では〈教室〉ということにした。まず第6章について言うと、①では〈グロースさんの部屋〉で話していたはずなのに、二人が別れる際には、家政婦が〈私の部屋のドア〉に手をかけて出ようとする。つまり、いつの間にか家政婦の部屋から教師の部屋へ移動したことになる。しかし、②③では〈教室〉で話し合ってから〈教室のドア〉に手をかけるように変更されたので、ともかく矛盾はなくなった。この変更は適切である。②ないし③を基準にして訳せば何ら問題はない。

ところが第8章では、変更の結果として、おかしなことになっている。語り手は家政婦と相談をしようとして、「その夜、とうに館が寝静まった刻限に、あらためて教

室で話し合ったのです」（89ページ）

この箇所だけは①を優先して右のように訳した。①では初めから〈教室〉で話し合っていたのである。それが②③になると、なぜか〈私の部屋〉に変わったので、訳者としては困ったことをしてくれたとしか思えない。ここでも二人が別れる場面との整合性がとれなくなっている。①のみならず②③でも、グロースさんが語り手と離れるのは、〈教室のドア〉まで行ってからである（at the schoolroom door）。もし〈私の部屋〉にいたのなら、いったん二人で廊下へ出て〈教室〉の前あたりで別れたという筋書きだろう。ところが章の最後の一文を見ると、二人ともドアより室内側にいて、語り手がグロースさんを送り出したとしか読めないので、②③は非常に苦しくなっている。いつの間にか〈教室〉に移動していたと強弁するしかない。もともと〈教室〉にいたという設定の①だけが、すんなりと理解できる。

ここまでの話をまとめると、どこで相談をしていたのか断定することは難しいかもしれないが、少なくとも矛盾を避けられるのは、第6章の②③、第8章の①のように、ずっと〈教室〉にいた場合である。また、矛盾があろうとなかろうと、教師が自分の領域から家政婦を出すという構図は、いずれにも共通している。

いささか弁解がましくなるが、第8章だけ①を優先することに迷いがなかったわけではない。しかし、ある場面での人物の配置というのは、翻訳の制作過程にあって重要な点検事項である。なぜ②③では〈私の部屋〉に変わったのか、なぜ〈教室のドア〉だけが変わらなかったのか、訳者は説明をつけられない。たしかに語り手の言うことは飛躍だらけだという印象もあるが、その非論理性をあからさまな矛盾として示したら、作品のためには逆効果だろう。さらに言えば、〈私の部屋〉はフローラを寝かせる部屋でもあったのだから、夜っぴて重大な話をする用途には不向きだったはず。ということで相談の場所は①によって〈教室〉とする。あとは②③との折衷で考える。

参考までに、第8章の最後の文の前半を引用しておこう。「グロースさんが下がろうとするのを送り出しながら」(99ページ)に相当する箇所である。

① Then, before shutting her out to go, by another passage, to my own place . . . .
② Then, before shutting her out to go, by another passage, to her own place . . . .
③ Then before shutting her out to go by another passage to her own place . . .

ご覧の通り、①と②では“my”が“her”に変わっている。読点の打ち方は同じ。②から読点を消すと③になる。また所有格の変更によって“to go”の読み方が変わり、①では〈私が別の経路で自室へ戻る〉のだが、②③では〈彼女が別の経路で自室へ行く（＝私が彼女を帰らせる）〉ことになる。しかし②③の場合には〈私〉の現在位置があやふやになっているのだから、〈別の経路で（by another passage）〉という副詞句も落ち着きが悪い。もし読点を消すなら、同じ手間で副詞句ごと消せばよかったのに……。

——などと言っていても訳者の仕事にならないので、どうにか〈経路〉の持って行き場をさがすことにする。この表現が残っているからには、それだけの理由があったのだとして、訳者が思いつくのは語り手の身分意識である。〈私は私、彼女は彼女〉と区別する意識が内心では強くて、〈私と彼女では戻る先が違う〉と言いたいのだ。その感覚は〈自室〉に添えた“own”にも響いている。

〈私の部屋〉も〈教室〉も二階にある。マイルズの部屋も二階。フローラも二階に寝ている。だが家政婦の居室は下にある。おそらく台所に隣接しているのだろう（第16章ではグロースさんの部屋にも焼きたてのパンの匂《にお》いが流れている）。つまり〈別の経路で〉の正体は、①にあっては〈私は教師たる者の部屋に戻って〉であり、もし②

③だったら〈グロースさんを使用人の部屋へ戻すように〉ということである。

グロースさんは、たとえ館の管理人のような職分だったとしても、「あくまで使用人の立場ではあるが」（14ページ）という条件付きだった。その原文だと〈階下にあっては（below stairs）〉という表現になっている。これは〈使用人の領域で〉という意味の成句だった。対照として、〈階上で（above stairs）〉ならば、主人一家の居住区域を含意する。

語り手にはグロースさんを見下す意識がある。そうと判断する材料は随所にあるが、右の例もその一つだ。ここで家政婦を下がらせるという感覚がさりげなく滲《にじ》むように訳せば、ジェイムズのこだわりを尊重したことにもなるだろう。〈彼女自身の場所（her own place）〉とは、単に〈その人の部屋〉というだけではなく〈身分相応の居場所〉なのである。だとすると、引用した中で〈閉め出す（shutting her out）〉という言い方が出たのもうなずける。もう今夜のところは家政婦を思考の外へ追いやったのかもしれない。そう言えば、最後には、事実上、グロースさんを館から追い出している……。

語り手が〈相手を下に見る、退かせる〉という行動をとるのは、家政婦にばかりではない。むしろ幽霊との闘争において顕著である。クイントが出た、と見える位置は、塔の屋上、窓の外、階段の下というように、だんだん下がってくる。とくに階段での出会い（第9章）にあっては、下から来ようとした幽霊とにらみ合いになり、上からにらみ返して下がらせる。こうして非常事態にも気丈に立ち向かったという自己イメージができあがる。

よくヴィクトリア時代の抑圧された性衝動を語り手に適用して考える意見があって、それは〈幽霊＝妄想〉説に立つ有力な論点であるけれども、また訳者も一応は賛成するのだけれども、同時に、語り手には他者より優越したい願望が強いことを、訳しながらずっと感じていた。低く見られることを嫌う。雇用主となるロンドンの紳士との初対面で、瞬時に憧《あこが》れたことは確かなのだろう。だが、紳士への恋愛は、紳士階級への上昇志向と裏腹のものだ。それにくらべればクイントと密通したジェセルのほうが、地位を賭《と》しているだけ、まだ純粋な破滅だったとも言える。恋する女としての語り手は、どうあっても前任者に及ばず、その不義の非を鳴らして哀れむしか対抗する術《すべ》はない。しかし紳士への成就《じょうじゅ》しない恋愛感情を、その甥《おい》であるマイルズを可愛《かわい》がる職務で代償して児童虐待《ぎゃくたい》に行き着くのと、どちらが醜悪だったろう。

こんなことを言う訳者は、まだ二十歳そこそこの若い女性を厳しく見すぎているだろうか。しかし、翻訳作業を進めるほどに、ますます厳しく見たくなったというのが実情で、こわいのは幽霊ではなく語り手だ、と叫びたいくらいなのである。くどいようだが、幽霊が出た、出ない、どちらの証拠も見つけようと思えば見つかるだろう。しかし、いずれにせよ語り手が幽霊を敵（または仮想敵）とする芝居を自作自演していることは間違いないと訳者は考えている。悪役がいないと芝居は成り立たない。その意味で語り手は幽霊に依存する。もし幽霊が出たのだったとしても、うっかり出たばかりに利用されて、それからは実際以上の悪玉に仕立てられたのではなかったか。

初めてクイントが出た場面で、語り手には自分の知らない者が邸内にいるという嫌《けん》悪感《おかん》があった。主人のいない館で、いま留守を預かるのは家庭教師である。それなのに埒外《らちがい》の不審な影がある。これと戦うのが立派な教師であり、紳士に評価されるための実績にもなる。そう思った瞬間から、ブライの館は彼女の夢の世界になった。すべては夢に合わせて設計される。子供は可愛い。家政婦は忠実。また幽霊でさえも、じつは彼女にとって都合のよい時と場所に出ている。もし彼女にしか見えないとしたら、子供は純真だから悪が見えないということだし、グロースさんは鈍感だから見えないのだとして自身の優越を確認できる。

だが、夢は夢である。いつでも少しずつ現実が攻めてきて、早晩、夢の世界は綻《ほころ》びるしかない。その趨勢《すうせい》が決まったのは、みんなで教会へ行って、自分だけが中に入らなかった日曜日だろう。マイルズが独立心を見せ始める。フローラと組んで何やら企んでいるのかもしれない。ひそかに幽霊と通じているのか。だったら純真ではないのか。家政婦はいつまで味方になっていてくれるのか——。夢の崩壊を食い止めるには、それだけ必死になって幽霊と戦わねばならない。そういう図式を崩すわけにいかない、という結果が最後の場面なのである。マイルズを誰にも渡すまいとして抱きしめた。これは一種のアイドル殺しだと訳者は言いたいのだが、マイルズがようやく「呪縛《じゆばく》を解かれた（dispossessed）」のは、何から解放されたということだろう。その直前に子供は「ひどいよ！（you devil!）」と叫んでいる。これが幽霊に向けられたのか、先生に言ったものなのか、どちらにも解釈は可能である……というところで、その曖昧性に救われるのかもしれない。ある一面から精神を鑑定したつもりになって、それだけを所見としてよいのかどうか。訳者もまた心のどこかでは、本当に幽霊が出たのであってほしいような気がしている。

二〇一七年六月

小川高義

H・ジェイムズ
小川高義訳
デイジー・ミラー
わたし、いろんな人とお付き合いしてます――。自由奔放な美女に惹かれる慎み深い青年の恋。ジェイムズ畢生の名作が待望の新訳。

S・モーム
金原瑞人訳
ジゴロとジゴレット
―モーム傑作選―
『月と六ペンス』のモームは短篇の名手でもあった！ ヨーロッパを舞台とした短篇八篇を収録。大人の嗜みの極致ともいえる味わい。

J・ウエブスター
岩本正恵訳
あしながおじさん
孤児院育ちのジュディが謎の紳士に出会い、ユーモアあふれる手紙を書き続け――最高に幸せな結末を迎えるシンデレラストーリー！

J・ウエブスター
畔柳和代訳
続あしながおじさん
お嬢様育ちのサリーが孤児院の院長に?! 慣習に固執する職員たちと戦いながら、院長としての責任に目覚める――。愛と感動の名作。

T・ウィリアムズ
小田島雄志訳
ガラスの動物園
不況下のセント・ルイスに暮す家族のあいだに展開される、抒情に満ちた追憶の劇。斬新な手法によって、非常な好評を博した出世作。

バーネット
畔柳和代訳
秘密の花園
両親を亡くし、心を閉ざした少女メアリ。ヨークシャの大自然と新しい仲間たちとで起こした美しい奇蹟が彼女の人生を変える。

Title : THE TURN OF THE SCREW
Author : Henry James

# ねじの回《かい》転《てん》

新潮文庫　シ－5－2

*Published 2017 in Japan*
*by Shinchosha Company*

平成二十九年九月一日発行
令和六年二月二十日三刷

訳者　小《お》川《がわ》高《たか》義《よし》

発行者　佐藤隆信

発行所　株式会社　新潮社
郵便番号　一六二―八七一一
東京都新宿区矢来町七一
電話　編集部(〇三)三二六六―五四四〇
　　　読者係(〇三)三二六六―五一一一
https://www.shinchosha.co.jp

価格はカバーに表示してあります。

乱丁・落丁本は、ご面倒ですが小社読者係宛ご送付ください。送料小社負担にてお取替えいたします。

印刷・錦明印刷株式会社　製本・錦明印刷株式会社

ISBN978-4-10-204103-1　C0197